Nebulosas

Nebulosas

Autora
Narcisa Amália

Equipe d3educacional
Direção
Edson Prates

Editor
Naidson Pires

Projeto gráfico, design de capa e diagramação
Ativa Criação - www.ativacriacao.com.br

Catalogação na publicação
Elaborada por Bibliotecária Janaina Ramos – CRB-8/9166

A482n

Amália, Narcisa

Nebulosas / Narcisa Amália; Apresentação de Naidson Pires. – São Paulo: D3 Educacional, 2024.

232 p., fotos.; 14 X 21 cm

ISBN 978-65-87654-25-6

1. Poesia. 2. Literatura brasileira. I. Amália, Narcisa. II. Pires, Naidson (Apresentação). III. Título.

CDD 869.91

Índice para catálogo sistemático

I. Poesia: Literatura brasileira

www.d3educacional.com.br

Nebulosas

Narcisa Amália

Apresentação e Comentários

NAIDSON PIRES

APRESENTAÇÃO

Resgatar obras importantes de escritores e escritoras que foram, ao longo do tempo, ignorados ou esquecidos da história da literatura brasileira é uma praxe da nossa rica literatura. Entretanto, a Fundação Universitária para o Vestibular (Fuvest), ao divulgar as novas listas de leituras obrigatórias, que serão compostas, entre 2026 e 2028, somente por mulheres, sinaliza com essa exigência o resgate, depois de séculos de exclusão de grandes autores brasileiros, sobretudo de escritoras.

Arqueologicamente, puxam-se pela memória autoras dos séculos passados, como Nísia Floresta e Narcisa Amália, para dividirem espaço com obras contemporâneas,

Nesta edição, a editora D3 Educacional, conhecida por revelar novos autores, resgata o livro de poesia *Nebulosas*, de Narcisa Amália, seu único trabalho literário nesse gênero, apresentando todos os quarenta e quatro poemas da obra publicada em 1872 pela editora Garnier.

Nebulosas foi um grande furor na época do seu lançamento, tendo uma leitura comentada do consagrado e eternizado Machado de Assis. Seu texto crítico e elogioso sobre a obra de Amália foi publicado no jornal carioca *Semana Ilustrada*, jornal esse bastante famoso na época.

Sendo consagrada pelo talentoso escritor, diante do reconhecimento dele pela jovem talentosa, *Nebulosas* teve uma trajetória importante na literatura brasileira. Principalmente a partir de seu reconhecimento por Machado.

> A leitura das *Nebulosas* causou-me a este respeito excelente impressão. Achei uma poetisa, dotada de sentimento verdadeiro e real inspiração, a espaços de muito vigor, reinando em todo o livro um ar de sinceridade e modéstia que encanta, e todos estes predicados juntos, e os mais que lhe notar a crítica, é certo que não são comuns a todas as cultoras de poesia.

Chamo à atenção que estamos falando de uma obra escrita por uma mulher em pleno século XIX, quando o contexto era de extrema realidade de um preconceito velado social e politicamente. Ainda assim, como outras grandes mulheres da história, Narcisa Amália rompe com propriedade intelectual as devassas da literatura escrita pelas mãos de uma escritora. Trazendo à tona a força de seus poemas para questionar, de forma crítica, os devaneios de uma clara injustiça social, com a sociedade escravocrata e monarquista que se estabelecia naquele período de nossa história.

Não foi à toa que Machado de Assis observou a singularidade de Narcisa Amália em relação a suas contemporâneas, pois, mais do que surpreso, ele percebeu que estava diante de uma revolucionária.

Percebe, ainda hoje, quando debruçamos em poemas como "Perfil de escrava" e "O africano e o poeta", as ideias libertárias e a indignação com a condição dos escravos, naquela sociedade, que não se justificava com os princípios de exploração do trabalho e da dignidade humana.

Vale lembrar que sua poesia dialoga com a poesia de Castro Alves, conhecido como absoluto da terceira geração romântica, visto que seus versos são retomados em *Nebulosas*, exatamente quando olhamos detalhes cruciais no poema "O africano e o poeta":

> (...)
> – Roubaram-me feros
> A férvidos braços;
> Em rígidos laços
> Sulquei vasto mar;
> Mas este queixume
> Do triste mendigo,
> Sem pai, sem abrigo,
> Quem quer escutar?...
> – Quem quer? – O poeta
> Que os térreos mistérios
> Aos paços sidéreos
> Deseja elevar.
> (...)

Evidentemente, Narcisa Amália tinha a nítida visão da sociedade de sua época e, para além da inspiração, procurou com seus versos o diálogo com o poeta Castro Alves e, predominantemente, com seu estado crítico, diante da realidade que observava, dando voz aos escravos, que sentiam na própria pele sua condição, ao expor seu lamento e sua dor diante da violência a que eram brutalmente submetidos.

O Brasil escravocrata e monárquico não via com bons olhos os poetas, principalmente porque com seus versos escancaravam a fragilidade do sistema ao dar voz aos escravos. Nesse sentido, Narcisa Amália, ao criar seus versos, refletia sua função na contrariedade social e, dessa maneira, posicionava-se diante de seu ofício de poetizar. Em cada estrofe um refrão, em forma de questionamento e resposta, e assim, naturalmente, causava a repulsa do poder, pois, senão o poeta, quem mais poderia escutar e denunciar as dores diante do sofrimento do escravo, que não tinha ninguém que não fosse ele próprio para sua libertação.

Pessanha Póvoa, aliado que acompanhou a obra original de 1872, demonstrando sua importância histórica, no prefácio testemunhou a condição do trabalho intelectual feminina do século XIX, quando necessitava do endosso masculino, como já vimos, o reconhecimento de Machado de Assis. E o próprio prefácio, que praticamente legitimou sua publicação, porque era uma maneira de se validar qualquer obra literária escrita por mulheres. Era como uma autorização para se adentrar naquele universo masculino das letras brasileiras do período.

"Peço um lugar de honra no auditório das vossas glórias literárias para a autora das *Nebulosas*", escreveu Póvoa, remetendo à autorização da entrada de uma escritora naquele universo machista e conservador. O que foi também recomendado por Machado de Assis ao final de sua coluna no *Semana Ilustrada*: "Aqui termino as transcrições e a notícia, recomendando aos leitores as *Nebulosas*".

Sabemos, historicamente, que era essa a condição para uma mulher publicar, como também por que foram esquecidas aquelas que ostentaram naquela sociedade uma publicação.

Narcisa Amália rompeu com competência a barreira que tanto impedia a mulher, naquele período histórico, de se destacar numa sociedade essencialmente predominada pelos homens. Para isso, começou cedo e, ainda jovem, iniciou a carreira com tradução de contos e ensaios de autores franceses, o que, olhando aos olhos de hoje, demonstrava se tratar de uma mulher da elite social, pois possuía estudos avançados, o que não era costumeiro para as mulheres que vinham das camadas populares da sociedade. Publicou em vários jornais bem-conceituados, como *A República, Correio do Povo, O Fluminense, Astro Resendense, Monitor Campista, Echo Americano, O Espírito Santense, Gazeta de Campos, Correio Fluminense e Tymburibá.*

Certamente, sua condição social a ajudou muito em sua carreira, pois, quando deparamos com sua trajetória intelectual, com seus escritos nesses jornais e como colaboradora do *Almanaque de lembranças luso-brasileiro,* solidifica-se sua efetiva participação naquele meio intelectual, muito além do que se tinha naquela sociedade hibernada pelo poder masculino. Ela era de fato uma intelectual significativa diante do contexto em que vivia. Ainda assim, quando nos debruçamos sobre sua trajetória intelectual, enfrentamos dificuldades para encontrar sua obra, haja vista esse livro, retomado agora com a exigência do vestibular da Fuvest.

Existem muitos nomes esquecidos na literatura brasileira, Narcisa Amália, por exemplo, mesmo tendo tamanha importância pelo tanto que produziu, destacou-se a partir da leitura de sua poesia por Machado de Assis.

Como já constatamos, Antonio Carlos Secchin, resgatado pela professora e pesquisadora Anna Faedrich, observou que o crítico literário e poeta Péricles Eugênio da Silva Ramos (1919-1992) trouxe à tona, em *Poesia romântica* (1965), a faixa de nomes esquecidos e foi o primeiro a incluir a participação feminina numa antologia poética, trazendo para o mundo literário brasileiro o nome de Narcisa Amália. Importante lembrar que estamos falando de uma obra da segunda metade do século XX. Revelando, mais uma vez, as dificuldades enfrentadas pelas escritoras para tornar-se conhecidas dentro da história de nossa literatura.

Além dos comentários elogiosos à poeta, a exemplo de Machado de Assis, Péricles Eugênio, na pesquisa realizada pela professora Anna Faedrich, lembra-se do episódio, quando fala de Narcisa, no qual durante a visita à cidade de Resende, onde residia a escritora, o imperador Dom Pedro II fez questão de conhecê-la pessoalmente pela publicação do livro *Nebulosas* e, ainda, declamou para a autora estrofes de sua obra.

São muitos intelectuais que vão aparecendo e tecendo elogios ao trabalho de Narcisa Amália, como o historiador e crítico literário Wilson Martins (1921-2010), em *História da inteligência brasileira*, livro de 1977. Martins tece comentários elogiosos sobre *Nebulosas*, quando afirma "foi a estreia mais sensacional do ano", além de apontá-la como uma mulher emancipada e corajosa, por ser uma defensora dos direitos femininos e, segundo ele, a ausência de estímulos foi uma das causas por mais produção e publicação de suas obras:

> Apesar da simpatia do Imperador, publicamente expressa, é de crer que não haja encontrado maiores estímulos na vida literária, pois as *Nebulosas* permaneceriam como livro único, sob a égide da Tristeza, seu "anjo inspirador, frio e triste". [...] como poeta, ela ainda se deixava dominar excessivamente pela influência de Casimiro de Abreu [...] ou de Fagundes Varela [...] ou de Castro Alves.

Nota-se, em suas afirmações, uma Narcisa influenciada por autores masculinos, o que seria natural, se nos remetemos à sociedade de sua época com a ausência feminina dos meios literários. Por essa razão, assim como Narcisa, outras mulheres escritoras foram esquecidas ou sequer publicadas.

Outro intelectual que traz a paixão pela literatura e a disposição para enfrentar os preconceitos de Narcisa Amália, mesmo tendo passado por dois casamentos de muitos desafios, Ubiratan Machado, revela: "A paixão pela literatura e a disposição para enfrentar os preconceitos foram características marcantes de Narcisa Amália".

Sendo a primeira jornalista mulher a atuar na imprensa e aos vinte anos tendo sido saudada como a maior poeta brasileira, superando de longe suas antecessoras e ter publicado sem custear sua obra. Significando muito esse seu rompimento de barreiras que era uma imposição da época, principalmente se tratando de uma mulher e ela ter não só publicado, como também ter sido a primeira a conseguir uma editora que bancasse a publicação.

O editor Louis Garnier foi um dos principais editores do Brasil da segunda metade do século XIX e, vindo da França, construiu a livraria Garnier no Rio de Janeiro. O editor de Machado de Assis viu em *Nebulosas* uma grande obra, por isso teve a audácia de publicá-lo, assumindo todos os gastos e dando relevância ao livro. Segundo Maria de Lourdes Eleutério:

> Para as mulheres da República o sonho de publicar um livro era um projeto distante, a expressão feminina nesse período permanece circunscrita ao espaço privado.

Não demorou para ser premiada, como em 1873, quando Narcisa recebeu o prêmio "Lira de Ouro". Em setembro de 1874, recebeu o prêmio da Mocidade Acadêmica do Rio de Janeiro, uma pena de ouro entregue pelas mãos do conselheiro Saldanha Marinho. Esse sucesso certamente abriu portas, rompeu barreiras e contribuiu demasiadamente para a figura da mulher no meio literário brasileiro, sendo pioneira e reconhecida nesse ambiente extremamente fechado às mulheres.

Ainda assim, Narcisa Amália não pôde ver em vida a primeira reedição do seu livro, porque isso só veio ocorrer em 1994, organizada pelo historiador sanjoanense João Oscar (1939-2006). Essa reedição tardia, exemplifica as dificuldades enfrentadas por Narcisa, principalmente porque na separação do segundo casamento foi vítima de difamação pelo ex-marido, o qual espalhou pela cidade que seus versos não eram de sua autoria, mas sim escritos por poetas em troca de favores amorosos.

Reforçando essa acusação, o escritor Múcio Teixeira fez campanha contra Narcisa declarando que o livro tinha sido escrito por um homem sob o pseudônimo de uma mulher. Esses boatos ganharam as páginas dos jornais e forçaram a saída da poeta e jornalista de Resende.

Esta reedição contém uma importante biografia da poeta e, além dos poemas originais de *Nebulosas*, traz outros que não tiveram uma boa circulação, caracterizando ainda mais seu esquecimento, principalmente depois de sua morte, em julho de 1924.

São inúmeras as autoras brasileiras que foram esquecidas em nossa história literária. Narcisa Amália, sendo uma delas, tem agora sua obra resgatada para a inclusão entre as leituras exigidas em um exame de aprovação para candidatos aos cursos superiores, e isso demonstra ainda que esse esquecimento permanece, pois nada garante que haja mudança após esse concurso da Fuvest.

Mesmo assim, a editora d3 Educacional espera com essa publicação original – isto é, que permeia pela fidelidade à edição original, naturalmente atualizando a grafia das palavras de acordo o *Novo acordo ortográfico da língua portuguesa* – permitir ao público leitor o acesso a essas obras.

Além disso, com essa iniciativa da Universidade de São Paulo (USP) de resgatar as mulheres na literatura desse período, oferece-se oportunidade de encontrar e participar dos debates nos diversos meios literários.

Outro fator que considero fundamental na leitura da obra de Narcisa Amália e de sua biografia é a possibilidade de conhecer sua visão crítica de mundo, bem como aspectos do período histórico em que viveu, o que permite perceber a condição da mulher escritora e intelectual no Brasil, em um período de entresséculos de 1870 a 1930, completamente desfavorável à participação feminina na vida cultural. E, ainda hoje, mesmo com os avanços em relação à questão de gênero, da educação e da vida social, a atividade da mulher ainda carece de mais espaço para tornar-se efetivamente plausível no mercado editorial e intelectual do mundo cultural brasileiro.

Naidson Pires

Prefácio da Primeira Edição

PESSANHA PÓVOA

Retrato de Narcisa Amália, em litogravura que ilustra a primeira edição de Nebulosas, publicada pela Garnier em 1872.

PREFÁCIO

I

Jura dicturi estis[1]

T. L.

É uma lição digna de se imitar, embora perdida no vasto recinto da ignorância, a publicação de um livro.

Um dos nossos folhetinistas já liquidou a causa do marasmo literário, qualificando de indiferença esse torpor que envelhece uma nova sociedade – *Artes e Letras – Reforma de 1870*.

Denuncia essa peste nosso primeiro escritor, J. de Alencar.

1 "Administrareis a justiça." Trecho da frase "Testis ac parietibus jura dicturi estis?" [Administrareis a justiça para tetos e paredes?], em História de Roma, livro 3, cap. 52, do historiador romano Tito Lívio (trad. Nélio Schneider) [Nota do Editor, a partir daqui NE].

Somos de ontem, ainda não temos a nossa história antiga, é vivemos sob o império do desânimo.

Quando em uma nação, as artes, as letras, as ciências cumprem o inglório destino da planta que nasce, vive e morre dos abismos de um subterrâneo, ou do mendigo na festa do opulento, e representam o papel humilde de uma nave arruinada, de um campanário sumido nas heras, entre os suntuosos palácios da cidade vaidosa, essa nação tem chegado ao seu último grau de decadência. Nessa hora triunfam os analfabetos, os mercadores de escândalos, os demolidores de tudo quanto é nobre e principalmente do que constitui o orgulho de um país – a sua glória literária.

Profundando o coração do povo, Addison, Balzac, La Bruyére, La Rochefoucauld[2] e outros quiseram explicar a ingratidão do público, esse equívoco soberano de todas as idades, o qual, nem Buffon, nem os modernos naturalistas e escritores políticos classificaram e definiram.

O público de hoje, como o de todos os tempos, sevandija a virtude e ajoelha ao vício; proscreve o crime e deifica a probidade. O público! É uma torre de ventos.

– Vemos os bons descaídos
E os maus mui levantados,
Virtuosos desvalidos,
Os sem virtudes cabidos
Por meios falsificados.
– Vemos honrar lisonjeiros
E folgar com murmurar,
E caber mexeriqueiros;

2 Trata-se do moralista francês François La Rochefoucald (1613-1680).

Os mentirosos medrar
Desmedrar os verdadeiros.
(Garcia de Resende)

Assim foi, começou com o mundo, não o podemos reformar.

II

O desenvolvimento intelectual da humanidade, os períodos de harmonia entre as raças e as descobertas do espírito humano, todos esses autênticos monumentos das vítimas pacíficas do talento, falam e atestam a influência da literatura sobre a forma poética e política.

Quer se investigue a fenomenologia da consciência, quer os atos da inteligência, quer as formas abstratas e subjetivas do pensamento nas suas periódicas revoluções do mundo ontológico, acharemos a poesia exercendo a sua legítima influência.

Percorrendo-se a idade de oposição, de variedade; analisando-se as épocas da formação dos caracteres escritos, da linguagem e a nova união de coisas, da moral social, da felicidade doméstica, da harmonia com as ciências, com as artes, com a religião, nós reconhecemos que a poesia tem uma ação eficaz, refletida, que preside a todo o constitutivo orgânico das épocas e do povo, noção esta que nos está ensinando a filosofia da história e o Direito Natural.

Confessemos: Um livro de versos é uma lição. Ariosto, Dante, Tasso, Cervantes, Lope de Vega, Martinez, Racine, Béranger e Hugo, Optitz, Wesland, Goethe, Pope, Dryden, Shakespeare, Byron, Camões, Ferreira, Bocage,

Basílio da Gama, Gregório de Matos, Magalhães, formam o concílio ecumênico da poesia, donde vieram até nós, não os dogmas, não às contradições e ultrajes à razão, mas os aforismos que constituem o código da humanidade.

O livro de versos tem sido lição aos reis; a palavra de ordem dos povos civilizados, órbita ao redor da qual o mundo gira.

A poesia pode dizer:

– Eu ilumino a história!

– O que ela oculta, eu denuncio!

– Eu levanto do túmulo os heróis; vingo os mártires; puno os traidores.

– Eu sou a glória – *0 sol dos mortos!*

Que o diga a eternidade, e que conteste
O tempo, a terra, à humanidade inteira.

A minha rival, a arte, poderia dizer:

– Sou uma cidadã dos séculos futuros!

– Eu a antecedi, eu a hei de exceder.

– Fui o gênio de todos os cultos, de todas as seitas.

– Servi ao ódio, à inveja; servi mais à caridade, ao entusiasmo, ao direito, à verdade, à justiça.

A China
"O murado redil, a terra impérvia,
Retraída dos povos pelo orgulho
Do bonzo mercenário, avesso à cruz,"

Foi o meu feudo.

"– Ásia! que encerras da natura os dotes
E do mundo moral a – prisca origem,
Desce a plaga da luz, mãe da palmeira,
"Tê a noite polar, que alenta o pinho,
Soe o teu nome para glória eterna"
– Em teu seio vivi, deixei-te opressa,
Punida no castigo de teus sonhos.

III

Presentemente a poesia que ideia social aduz ou combate?

Que lei moral ataca ou defende?

Vivemos, como outros povos, de uma poesia emérita?

Há ganhadores, assalariados, mercenários venais como esses que se alugam à política, imbecis que fingem ignorar que sempre se depende da mão que paga?

Não sabem que o seu apostolado é um charlatanismo criminoso, um roubo organizado que exercem contra a dignidade dos escritores honestos, dos literatos, dos homens de letras, únicos sacrificados neste país?

Pregando a vilania dos sentimentos, negam aos outros o que não possuem, embora se lhes grite:

– O que se aluga, VENDE-SE!

IV

Creio nos esforços da literatura contemporânea.

Cada povo tem faculdades primitivas e necessidades particulares. As ideias arraigadas nos hábitos desse povo não cedem seu império, senão depois de combates porfiados e lutas sanguinolentas. É por isso que ante as convivências da política e as necessidades da indústria a poesia não se justifica.

Eu sei que a rotina, economicamente falando, tem a sua justificação; portanto anistiemos desta batalha a Indústria e digamos porque é oposta à política.

Tem o seu fundamento histórico sem ter o racional, a demonstração.

A política tem sido e continuará a ser, em muitos casos, e em muitos países, a arte e a ciência dos nulos e perversos.

Luís XI, apesar dos seus oficiosos biógrafos, é um cínico; Voltaire, Montaigne e Montesquieu, por orgulho político, quiseram explicar os dogmas e os segredos das instituições. Tudo confundiram. Talleyrand foi mais célebre pela hipocrisia que pelo seu gênio. Ele, outros, e muitos, e nesse número alguns dos nossos pretensos estadistas que fazem praça de muito sagazes, são desdenhados. Voltaire-político é um intrigante inepto; mas o poeta da solidão de Fernay era um castigo dos déspotas.

Rousseau é admirado unicamente naquelas obras em que o filósofo ou o político é vencido pelo poeta.

Entremos ou penetremos a nossa lareira.

Atados à galé da política, vemos Pedro Luiz e Bittencourt Sampaio, náufragos, mar em fora, ludibriados pelas mesmas ondas que dali os arrancaram.

Como a imagem da "Esperança" nas lendas pagãs, José de Alencar tem um braço no céu e outro na terra.

Teimam e insistem, lutam e sustentam um dia artificial em plena escuridão, Joaquim Serra, Celso Magalhães, Salvador, Menezes, C. Ferreira e F. Távora.

Agora vem Narcisa Amália.

Contra estes vejo uns fabricantes de autômatos, arreados de lodo, cheios de ignorância, que nos detestam e nos perseguem.

Sim; eu creio nos esforços da literatura, nos resultados eficazes da poesia.

O lirismo, que tem sido a feição predominante da infância de todos os povos, não batizou o nosso berço de nação livre, mas nos acompanhou nos jubilosos dias da conquista da nossa autonomia nacional.

A poesia lírica brasileira teve entre nós bons e poucos representantes. Ocupou o primeiro lugar Gonçalves Dias, o poeta cosmopolita; é seu continuador, com muita inferioridade, Teixeira e Souza, a quem demos muito como romancista; pouco, como poeta lírico.

Já levantou uma estátua a Gonçalves Dias a sua província natal; deve, a do Rio Grande, ao cantor do *Colombo*, e a do Rio de Janeiro, ao cantor dos *Tamoios*.

Se ainda este povo for susceptível de raciocínio, tenho fé de que o José Basílio merecerá qualquer memória de pedra ou um poema de bronze.

O assunto do poeta no poema “Uruguai” é a guerra que a Espanha e Portugal tiveram de sustentar contra os Índios de Missões porque, por um tratado celebrado a 16 de janeiro de 1750 entre as duas nações, ficavam pertencendo a Portugal as terras que os Jesuítas possuíam na parte oriental do Uruguai. Estes incitam os índios a resistir. Espanha e Portugal mandam suas tropas combatê-los; Gomes Freire de Andrade comanda o exército português.

Outros trabalhos de José Basílio, que ainda valem hoje prêmios que ele não teve, o recomendam à gratidão nacional, porque ele nos traçou a figura do jesuíta daquela e desta época, e feriu o despotismo até onde a sua imaginação lhe ofereceu armas.

Teixeira e Souza, já por mim quase esquecido neste momento, todo esquecido da pátria que o deixou por muito tempo mendigar, ensaiou a épica no seu poema “A Independência do Brasil”, Magalhães é o épico dramático, o formador ou criador da nossa literatura.

Não venham, amanhã, os alcaides das letras perguntar-me se Joaquim Manoel de Macedo, Alencar e outros não são literatos, não fazem literatura. Há tanta ignorância, que nem por estar pesado e medido pelo Dr. Moreira de Azevedo o nosso período literário, tenho visto inverter-se o que os meninos já decoraram nas aulas.

Magalhães criou a literatura; Porto Alegre a desenvolveu, Macedo a propagou, Alencar corrigiu-os fazendo a crítica e formando a mais completa literatura, dando os últimos toques nas grandes telas daqueles mestres e apagando os borrões.

Falava dos poetas líricos.

Mais enérgico nas imagens e muitas vezes de mais elevação, foi Casimiro de Abreu.

Álvares de Azevedo foi o cantor da morte, foi um gênio.

Bernardo Guimarães, bucólico, elegíaco, lírico, decidiu-se por uma forma, uma escola mais preferida entre todos os literatos.

A poesia épica tem tido poucos representantes. Conheço alguns ensaios, e boa promessa considero o *Riachuelo* de S. Pereira, outro de Zeferino, e alguns fragmentos, os quais não são a Epopeia da Guerra.

A poesia dramática tem poucos cultivadores. O criador do teatro moderno queimou as *Asas de um anjo*; Pinheiro Guimarães discute sobre eleições, e preleciona na cadeira de medicina; Varejão não é mais o Aquiles; Machado de Assis casou-se; França Junior é um cofre; Joaquim Serra não foi mais a Roma; Sizenando Nabuco está envolto na sua túnica; Joaquim Pires não faz mais Demônios; Menezes adormeceu à sombra da mancenilha; Salvador espera o outro – Bobo –, e José Tito faz *Charadas Políticas,*

– Como as vozes do mar n'um canto d'Ossian
Poucas vezes os ouço – passam longe.

Não precisamos de imaginações sonhadoras e místicas como os poetas do Oriente para enriquecer o teatro; há assuntos na nossa história para os dramas marítimos, militares, políticos.

Por que é que a Idade Média tem um caráter de originalidade, cuja lembrança exalta ainda hoje, depois de tantos séculos, a imaginação dos romancistas e poetas? É porque os trovadores vulgarizaram a história dos amores, das vitórias políticas, dos combates guerreiros, os sentimentos de patriotismo.

Eu ainda ignoro para que fim destina o Sr. Ministro o seu Conservatório.

Erige-te!

Narcisa Amália será a impulsora e o ornamento de uma época literária mais auspiciosa que a presente. Há de redigir os aforismos poéticos, como Aristóteles escreveu os da natureza.

Na história da nossa literatura, o seu entusiasmo moral, que é um culto do seu talento, terá uma consagração nos anais do futuro desta legião de inteligências que está celebrando as glórias do presente.

Não a conheço, mas eu imagino que em seu rosto a tristeza ocupa o lugar da alegria.

– A funda melancolia
Não seguiu-a desde a infância,
Deus não fê-la triste assim...
Houve na sorte inconstância,
E se perdeu a alegria,
É de homens obra ruim.

A extremosa pureza dos seus pensamentos, o pudor da sua imaginação, bem incultam que os seus pais lhe anteciparam um tesouro no abençoado curso da sua educação, no santo respeito da família e amor da pátria.

Eu penso que o eco das suas palavras é um concerto de pesares. Ela aborrece a canalha subalterna das letras, porque há uma canalha ilustre que é mais fidalga que a nobreza de decreto; essa, ela estima e aplaude.

Narcisa Amália não é um tipo, é uma heroína.

Sênio[3] acaba de pedir que não elogiem seus livros de prosa.

Eu peço que julguem o livro de N. Amália, livro que ilumina a grande noite da poesia brasileira.

Quando houver um Conselho de Estado ou um Senado Literário, Narcisa Amália terá as honras de Princesa das Letras.

Este livro há de produzir tristezas e alegrias. É a primeira brasileira dos nossos dias; a mais ilustrada que nós conhecemos; é a primeira poetisa desta nação.

Delfina da Cunha, Floresta Brasileira, Ermelinda da Cunha Matos, Maria de Carvalho, Beatriz Brandão, Maria Silvana, Violante, são bonitos talentos. Narcisa Amália é um talento feio, horrível, cruel, porque mata àqueles. Foram as suas antecessoras auroras efêmeras; ela é um astro com órbita determinada.

Eu não crítico, nem analiso o livro, porque vejo, todos os dias, passar o lirismo, o amor, a fantasia, a heroicidade, a glória literária e artística, como os vultos fatais nas tragédias antigas, vejo sempre em prolongado silêncio, abafados, como aqueles comprimidos gemidos do Tiradentes, quando tomou posse do seu Pedestal.

3 Um dos pseudônimos de José de Alencar. [NE]

V

Posteris tradant[4]

Cantaste a Família, a Pátria e a Humanidade.

A família – pilar da pátria, a pátria – cruz dos tolos, a humanidade – loucura de Deus.

A escolha de um assunto, a do ponto de vista, em que tanto se distinguem Bossuet e Mont'Alverne, na eloquência sagrada; a escolha do momento e da extensão, que no romancista é mais desenvolvida que no historiador, vós a conheceis e praticais como nos prescrevem as regras.

A escolha das circunstâncias e dos contrastes, da topografia e seus acidentes – vejo fundidas como relevo de um escudo na descrição do Itatiaia, – onde vos admiro igual a Virgílio, quando ele descreve o repouso no meio da noite para fazer contraste com a agitação da rainha de Cartago.

Um acadêmico de S. Paulo – João Cardoso de Meneses, hoje condestável na política – já esteve muito perto da vossa imaginação quando descreveu a serra do Paranapiacaba.

Ante o gigante brasílio,
Ante a sublime grandeza
Da tropical natureza,
Das erguidas cordilheiras,
Ai! quanto me sinto tímida!

4 "Transmitam à posteridade." Trecho da frase "Proinde rem militarem colant, sciantque et ista posteris tradant, nullas opes humanas armis Romanis resistere posse" [Doravante cultivem a arte da guerra, estejam cientes dela e a transmitam à posteridade, para que nenhuma força humana possa resistir às armas romanas], em História de Roma, livro 1, cap. 16, de Tito Lívio. (trad. Nélio Schneider) [NE].

Quanto me abala o desejo
De descrever num harpejo
Essas cristas sobranceiras!

. . . .

Vejo aquém os vales pávidos
Que se desdobram relvosos;
Profundos, vertiginosos,
Cavam-se abismos medonhos!
Quanto precipício indômito,
Quanto mistério assombroso,
Nesse seio pedregoso,
Nessa origem de mil sonhos!...

Ondulam ao longe múrmuras
Aos pés de esguios palmares,
As florestas seculares
Cingidas pela espessura;
A liana forma dédalos
Na grimpa das caneleiras,
Do cedro as vastas cimeiras
Formam dóceis de verdura.[5]

As diferentes espécies de descrição poética enchem o seu livro em vários empregos.

A topografia, em que Bufon foi um dos mais completos prosadores, tem em Narcisa Amália a melhor intérprete, na poesia.

5 Trecho do poema "O Itatiaia", de Narcisa Amália.

A hipotipose[6] impera nesta estrofe:
– Salve! montanha granítica!
Salve! brasílio Himalaia!
Salve! ingente Itatiaia,
Que escalas a imensidade!...
Distingo-te a fronte valida,
Vejo-te às plantas, rendido,
O meteoro incendido,
A soberba tempestade!...[7]

Nestes e em todos os seus versos, as figuras de palavras andam a granel, em contínuo atropelo com as do pensamento.

A acumulação, figura que desenvolve e torna mais clara e mais sensível a ideia principal; as hipérboles, que levam, às vezes, o espírito a extravagâncias, de que se ressentem Milton, Klopstoch, Ossian – o rei da apóstrofe, e muitos dos nossos poetas, ocupam, em tempo apropriado, o seu lugar.

Exemplos de antíteses e epifonemas vai a sutil inteligência do leitor colhendo à medida que termina um hino, ou idílio.

Ela decora os seus pensamentos, como um carola enfeita um altar do santo de sua devoção.

As figuras do ornamento, as aposiopeses,[8] as gradações, as alusões e as figuras de movimento e paixão se apos-

6 Retórica, estilística. Descrição viva e pitoresca de uma cena.
7 Póvoa cita outra estrofe de "O Itatiaia".
8 Trata-se da figura de linguagem aposiopese, interrupção intencional no meio de uma frase, geralmente marcada por reticências.

tam e se disputam, em rivais competências, para exigir da crítica a confissão de que elas oferecem batalha.

Nesta poesia há uma admirável exuberância de tropos, e a optação – raríssima figura em os nossos livros de maior nome – tem ali a sua majestade.

Os pleonasmos e as silepses andam em todo o livro tão obedientes, como o porta-ordens de um Estado-maior.

Este volume de poesias é um Templo; quem o penetrar há de ver – dentro – *um altar construído de lágrimas*!!

A poesia "Vinte e cinco de março" é um anátema, é uma ameaça. Não conheço muitas que estejam naquela altura.

"Resende" é a monografia daquele sempre lutuoso edifício que se levanta no exílio – a saudade.

Releve-me a distinta literata não ir cotejando aqui uma por uma as suas poesias.

Eu as comparo aos hinos da alvorada; um, tem a afinação dos outros, o mesmo encanto, a mesma sedução; nos inebriam e nos elevam a querer compreender o sublime, tudo quanto ao céu se ergue.

Começou a poesia lírica como o homem.

É tão velha como a humanidade; entretanto é sempre nova!

Primeiro cantou Deus; depois o herói, os reis, os santos.

Os hinos, as odes sacras, os cânticos, os salmos, o *Magnificat* da Santa Virgem, esse grito do crente no meio do terror, o *Cantemus Domine*, o Benedictus do Profeta, o cântico dos Anjos, o *Te-Deum*, essa inspiração de Santo

Ambrósio, são os brasões da poesia lírica, nenhuma outra goza dessas prerrogativas.

"Os dois troféus", que é um poema, tomou a forma de uma ode heroica, gênero mais difícil na composição lírica.

Se há um governo capaz de compreender as alusões e ironias da poetisa; se há, então as passadas injustiças serão vingadas, aquele patrimônio de brios conculcados será resgatado.

Como exemplo de ode heroica eu só conheço capaz de se aproximar a essa de Narcisa Amália, não na elevação de pensamentos, mas na rigorosa obediência ao gênero, aquela ode de Lebrun, cantando a ruína de Lisboa, destruída pelo terremoto de 1755.

Quando neste país a República Política galardoar os beneméritos da República Literária, Narcisa Amália exercerá a sua ditadura.

Tem ela cantado o amor da virtude, da glória e da pátria.

Não é descrente por moda, como foram os imitadores de Musset; não é cética como os de Goethe, é republicana como Schiller, como Félix da Cunha, e Landulfo; é intransigível como a fatalidade.

Gonçalves Crespo e Campos Carvalho, acadêmicos brasileiros em Coimbra, ao receberem este livro hão de se possuir de entusiasmo.

Coimbra!... a mágica cidade
Dos infortúnios de Inês,

Podia ser o trono do talento de Narcisa Amália, porque ela compreende por que angústias passou aquela mártir e pode fazer os comentários da desgraça do príncipe e da rainha depois de morta.

Deve a autora das *Nebulosas* escrever um *Poema Didático*, e se vierem açoitá-la os ventos da inveja e os mil desdéns da ignorância atrevida, deve escrever um *Poema Épico*. É a tendência da sua índole literária.

Estreou-se emancipada da poesia-*piegas*, do verso-*capadócio*, da literatura-*artesã*, que aí vivem estucando e destilando biliosas sujidades e obscenas audácias.

Há de vir a época em que o sentimento de patriotismo reivindicará os nomes desses talentos extraordinários.

Seu estilo vigoroso, fluente, acadêmico; a riqueza das rimas, tão eufônicas, tão reclamadas e necessárias ao verso lírico, suas convicções falando à alma e à imaginação, justificam a sua já precoce celebridade, confirmam a sua surpreendente e rápida aparição, precedida do respeitoso coro da crítica sincera e grave.

Há uma dominante em seu espírito que põe em aflitivo aconchego a dor sem consolo no lar da tristeza. Quando a sua grande alma quer-se *divorciar* do seu grande coração – ambos se petrificam.

Não sabe fingir, nem falsificar.

Em seus versos se conhece que ela é indiferente aos nossos capitais, às nossas fortunas e riquezas, e lhe causa tédio tudo quanto a rodeia.

A fé – que *aplanou os abismos;* a crença que *aplanou as montanhas*, vivem em seu espírito. Fé nas conquistas do talento; crença em seus esforços para encaminhar a sua timidez até a hora de a transformar num poder.

Tem o seu livro imagens novas, figuras pomposas que pedem nova retórica e que se invente nova *Poética*.

Do estudo rápido que fiz, notei que não quis aprender a dourar a trivialidade com grandes palavras e banalidades grandes, o que tem valido a muita gente uma falsa reputação de sábia.

Em sua prosa poética, em alguns artigos que li no "Eco Americano", na Revista *Artes e Letras*, de Lisboa, se mostra que a sua inteligência não está a serviço da frivolidade.

Se ela governasse, nem os papas, nem os reis teriam horas certas para o descanso.

Há em todas as suas composições poéticas um ponto de fixidez imaginativa que anda ao par da vivacidade de emoções e a expressão do sentimento é sempre forte e concisa.

A sua individualidade literária acusa um caráter leal e capaz de todos os sacrifícios pelas grandes causas.

Sabe ajustar o estilo ao assunto; é elegante nas descrições mais breves; tem graça e doçura a sua linguagem quando descreve a vaidade das outras mulheres. "O baile" é um modelo de sátira, de sarcasmo, de ironia discreta.

Os literatos brasileiros dirão o que eu não sei narrar, nem conhecer para expor.

VI

Teófilo Braga, Luciano Cordeiro, Cesar Machado, Adolfo Coelho, Bulhão Pato, Gomes Leal, E. Coelho, Silva Túlio, A. de Castilho, Silva Pinto e Teixeira de Vasconcelos, meus amigos, hão de deferir o seguinte requerimento:

"Peço um lugar de honra no auditório das vossas glórias literárias para a autora das *Nebulosas*."

Por uma vicissitude já vivemos como o povo hebreu; encerrado, nos limites da obediência, confiscado, regendo-nos com as leis do vizinho senhor. Remimo-nos do cativeiro. Queremos, hoje, celebrar as festas da inteligência em todos os altares onde a glória arquiteta-os. A isso se propõe este livro – não envereda pela abóbada oca dos clássicos.

Pessanha Póvoa[9]

9 José Joaquim Pessanha Póvoa (1837-1904) foi conterrâneo de Narcisa, amigo e ex-aluno do pai da autora, Jácome de Campos. Foi abolicionista, bacharel pela FDSP, colega de Fagundes Varela na redação da Revista Dramática, inspetor-geral da Instrução Pública, e escreveu diversas peças teatrais.

SUMÁRIO

PRIMEIRA PARTE

Nebulosas 47

SEGUNDA PARTE

Voto 55
Saudades 57
Linda 59
Aflita 63
Aspiração 65
Confidência 67
Desengano 69
Desalento 71
Agonia 73
Consolação 75
Amargura 77
Fragmentos 82
Cisma 83
Resignação 85
Invocação 87
No ermo 90
O Itatiaia 95
Vinte e cinco de março 101
Manhã de maio 106
A Resende 109

Miragem ... 113
Lembras-te? ... 117
À lua ... 119
Sete de setembro ... 121
A noite ... 125
Vem! ... 128
Pesadelo ... 130

TERCEIRA PARTE

Castro Alves ... 142
A. A. Carlos Gomes ... 146
Visão ... 150
A festa de S. João ... 153
Recordação ... 160
O sacerdote ... 162
Amor de Violeta ... 165
O africano e o poeta ... 168
Sadness ... 171
O baile ... 172
Fantasia ... 175
Julia e Augusta ... 178
Noturno ... 180
A rosa ... 183
Ave-Maria ... 185
Os dois troféus ... 188

POSFÁCIO 203

CRONOLOGIA 219

CONTRIBUIÇÃO HISTÓRICA 225

REFERÊNCIAS BIBLIOGRÁFICAS 230

PRIMEIRA PARTE

PRIMEIRA PARTE

NEBULOSAS

On donne le nom de Nébuleuses à des taches blanchâtres que l'on voit çà et là, dans toutes les parties du ciel.
Delaunay[10]

No seio majestoso do infinito,
– Alvos cisnes do mar da imensidade, –
Flutuam tênues sombras fugitivas
Que a multidão supõe densas caligens,
E a ciência reduz a grupos validos;
Vejo-as surgir à noite, entre os planetas,

10 Chamamos de Nebulosas as manchas esbranquiçadas que vemos aqui e lá em todas as partes do céu", em Cours élémentaire d'astronomie (1864), de Charles Delaunay (1816-1872). [NE]

Como visões gentis à flux dos sonhos;
E as esferas que curvam-se trementes
Sobre elas desfolhando flores d'ouro,
Roubam-me instantes ao sofrer recôndito!

Costumei-me a sondar-lhe os mistérios
Desde que um dia a flâmula da ideia
Livre, ao sopro do gênio, abriu-me o templo
Em que fulgura a inspiração em ondas;
A seguir-lhes no espaço as longas clâmides
Orladas de incendidos meteoros;
E quando da procela o tredo arcanjo
Desdobra n'amplidão as negras asas,
Meu ser pelo teísmo desvairado
Da loucura debruça-se no pélago!

Sim! São elas a mais gentil feitura
Que das mãos do Senhor há resvalado!
Sim! De seus seios na dourada urna,
A piedosa lágrima dos anjos,
Ligeira se converte em astro esplêndido!
No momento em que o mártir do calvário
A cabeça pendeu no infame lenho,
A voz do Criador, em santo arrojo,
No macio frouxel de seus fulgores
Ao céu arrebatou-lhe o calmo espírito!

Mesmo o sol que nas orlas do oriente
Livre campeia e sobre nós desata
A chuva de mil raios luminosos,
Nos lírios siderais de seu regaço
Repousa a fronte e despe a rubra túnica!
No constante volver dos vagos eixos,
Os orbes em parábolas se encurvam
Bebendo alento no seu manso brilho!
E o tapiz movediço do universo
Mais belo ondeia com seus prantos fulgidos!

E quantos infelizes não olvidam
O horóscopo fatal de horrenda sorte,
Se no correr das auras vespertinas
Seus seres vão pousar-lhes sobre a coma,
Que as madeixas enastram do crepúsculo!
Quanta rosa de amor não abre o cálix
Ao bafejo inefável das quimeras
No coração temente da donzela,
Que, da lua ao clarão dourando as cismas,
Lhes segue os rastros na cerúlea abóbada?!...

Um dia no meu peito o desalento
Cravou sangrenta garra; trevas densas
Nublaram-me o horizonte, onde brilhava
A matutina estrela do futuro.
Da descrença senti os frios ósculos;
Mas no horror do abandono alçando os olhos
Com tímida oração ao céu piedoso,

Eu vi que elas, do chão do firmamento,
Brotavam em lucíferos corimbos
Enlaçando-me o busto em raios mórbidos!

Oh! Amei-as então! Sobre a corrente
De seus brandos, notívagos lampejos,
Audaz livrei-me nas azuis esferas;
Inclinei-me, de flamas-circundada
Sobre o abismo do mundo torvo e lúgubre!
Ergui-me ainda mais: da poesia
Desvendei as lagunas encantadas,
E prelibei delícias indizíveis
Do sentimento nas caudais sagradas
ao clarão divinal do sol da glória!

Quando desci mais tarde, deslumbrada
De tanta luz e inspiração, ao vale
Que pelo espaço abandonei sorrindo,
E senti calcinar-me as débeis plantas
Do deserto as areias ardentíssimas;
Ao fugir das sendaes[11] que estende a noite
Sobre o leito da terra adormecida,
Fitei chorando a aurora que surgia!
E – ave de amor – a solidão dos ermos
Povoei de gorjeios melancólicos!...

11 Palavra originalmente grafada com s – sendaes –, hoje cendai, significa um tecido transparente e fino, uma espécie de véu. Mas, nos versos de Narcisa Amália, sendal parece vir de senda e significar caminho, trilha, ou ainda rumo, direção.

Assim nasceram os meus tristes versos,
Que do mundo falaz fogem às pompas!
Não dormem eles sob os áureos tetos
Das térreas potestades, que falecem
De morbidez nos flácidos triclínios!
Cortando as brumas glaciais do inverno
Adejam nas estâncias consteladas
Onde elas pairam; e à luz da liberdade
Devassando os mistérios do infinito,
Vão no sólio de Deus rolar exânimes!...

Segunda Parte

Rua da Misericórdia (hoje, Rua Eduardo Cotrim), na cidade de Resende, onde Narcisa Amália morou no século XIX.

SEGUNDA PARTE

VOTO

À MINHA MÃE

Ide ao menos de amor meus pobres cantos
No dia festival em que ela chorar,
com ela suspirar nos doces prantos!
Alvares de Azevedo

A viração que brinca docemente
No leque das palmeiras,
Traga à tu'alma inspirações sagradas,
Delícias feiticeiras.

A flor gazil que expande-se contente
Na gleba matizada,
inveja-te a tranquila e leda vida,
Dos filhos sempre amada.

Só teus olhos roreje délio pranto
De mística ternura;
Como silfos de luz cerquem-te gozos,
Enlace-te a ventura!

Os filhos todos submissos junquem
De rosas tua estrada;
E curvem-se os espinhos sob os passos
Da Mãe idolatrada!

Tais são as orações que aos céus envia
A tua pobre filha;
E Deus acolhe o incenso, embora emane
De branca maravilha!

SAUDADES

Meus funerários gemidos
Vão legando à imensidade
Um vasto arcano – a tristeza
Um canto eterno – a saudade!
Carlos Ferreira

Tenho saudades dos formosos lares
Onde passei minha feliz infância;
Dos vales da dulcíssima fragrância;
Da fresca sombra dos gentis palmares.

Minha plaga querida! Inda me lembro
Quando através das névoas do ocidente
O sol nos acenava adeus languente
Nas balsâmicas tardes de Setembro;

Lançava-me correndo na avenida
Que a laranjeira enchia de perfumes!
Como escutava trêmula os queixumes
Das auras na lagoa adormecida!

Eu era de meu pai, pobre poeta,
O astro que o porvir lhe iluminava;
De minha mãe, que louca me adorava,
Era na vida a rosa predileta!...

Mas...
...tudo se acabou. A trilha olente
Não mais percorrerei desses caminhos...
Não mais verei os míseros anjinhos
Que aqueciam na minha a mão algente!

Correi, ó minhas lágrimas sentidas,
Do passado no rórido sudário;
Bem longe está o cimo do Calvário
E já as plantas sinto tão feridas!...
Ai... que seria do mortal aflito
Que tomba exangue à provação cruenta,
se no marco da estrada poeirenta
Não divisasse os gozos do infinito?!...

Abrem-me n'alma as dores da saudade
Um sulco de profundas agonias...
Morreram-me p'ra sempre as alegrias...
Só me resta um consolo... a eternidade!

LINDA

Her beauty raineth down flamelets off ire,
Animate with a noble gracious spirit,
Which is creator of each virtuous thought.
Maria Rossetti[12]

Vem, tímida criança,
Rosada, loura e mansa
Qual chama matutina
De tíbio resplendor;
Vem, quero a tez rubente
Da face transparente,
E a boca peregrina,
Beijar-te com fervor!

Teus mádidos cabelos,
Undosos, finos, belos,
Em áurea e doce teia
Enlaçam-me o olhar;
Da primavera os lumes
Em lúcidos cardumes,
No anel que solto ondeia
Vão ternos cintilar!

12 "Sua beleza lança chamas de fogo, / Animadas de um espírito nobre, gracioso, / Que é o criador de cada virtuoso pensamento", em The Shadow of Dante: Being an essay fowards studying himself, his world, and his pilgrimage (1871), de Maria Francesca Rossetti (1827-1876). [NE]

Teu colo alvinitente
S'encurva levemente,
Qual pende na ribeira
O lótus do cetim;

Se a lua além s'inflama
De vaga e breve flama,
Resvalas mais ligeira
Na relva do jardim!

Escuta: À beira d'água
A flor vinga entre a frágua,
E a tela delicada
Se tinge à luz do sol;
O mágico perfume
Que o cálice resume,
A pétala nacarada,
Inveja-lhe o arrebol.

Mas vem de treda enchente
A férvida torrente
Em turbilhão raivoso
Ao longe a rouquejar,
E a rubra flor da margem –
Pendida na voragem
No pego tenebroso
Fanada vai rolar!

Ai! zela a rosa pura
De tua formosura
Que o lábio mercenário
Do mundo, não manchou
Sê como a sensitiva
Que se retrai esquiva
Se o vento louco e vário
As folhas lhe osculou.

Porém, essa beleza
Que deu-te a natureza,
Desmaiará um dia

Aos gelos hibernais;
E a uma vez perdida
Nos vendavais da vida,
À flux da fantasia
Não surgirá jamais!

Ó! zela mais ainda
A Flor celeste é linda
Da tua alma de virgem,
– Teu primitivo amor!
Da divinal bondade
A meiga potestade,
Se acolhe da vertigem
Nas mãos do Criador!

Atende! A mão mimosa
Dirige pressurosa
Ao pobre, agonizante,
À sombra do hospital!
Ao mesto encarcerado
Do olhar do sol privado,
Abranda um só instante,
O agror da lei fatal!...

Prossegue, etérea lira,
Nas cordas de safira
As harmonias cérulas
Dos risos infantis!
E ao desgraçado em prantos
Dá mil colares santos,
Não de mundanas pérolas,
De lagrimas gentis!...

AFLITA

À J.[13]

Per lui solo affido sull'ali dei venti
Il suon lusinghiero di garruli accenti!
Deh riedi, deh riedi!... mi stringi al tuo cor
E giorni beati – vivremo d'amor!
Il Guarany[14]

Desde a hora fatal em que partiste,
Turbou-se para mim o azul do céu!
Velei-me na mantilha da tristeza,
Como Safo na espuma do escarcéu!

Até então o arcanjo da procela
Não enlutara o lago das quimeras,
Onde minh'alma, garça langorosa,
Brincava à luz de etéreas primaveras:

Mas um dia atraindo ao vasto peito
Minha pálida fronte de criança,
Murmuraste tremendo: – "Parto em breve;
Mas não te aflijas, voltarei, descansa!"

---

13 Esse poema foi dedicado ao primeiro marido de Narcisa Amália, João Batista da Silveira (cf. Oscar, 1994, p. 111).

14 "Para ele somente entrego nas asas do vento / O som lisonjeiro das vozes tagarelas / Deh riedi, deh riedi!... você me aperta em seu coração / E dias benditos pelo amor viveremos!". Cena IV de Il Guarany [O Guarani (1870), de Carlos Gomes (1836-1896). [NE]

Ai! Que epopeia túrgida de lágrimas
Na comoção daquela despedida!
Eu soluçava envolta em véu de prantos:
"Quando voltares, já serei sem vida!"
Desde então, comprimindo atrás angústias,
Vou te esperar à beira do caminho;
Voltam cantando ao sol as andorinhas,
Só tu não volves ao deserto ninho!...

Quando a tribu inquieta das falenas
Liba filtros nas clícias da campina,
Busco da redenção o augusto símbolo,
E faleço de amor como Corina!

Pois bem! Se enfim voltares desse exílio,
Ave errante, fugindo à quadra hiberna,
Vem à sombra do val: sob os ciprestes
Comigo fruirás ventura eterna!

ASPIRAÇÃO

A UMA MENINA

Folga e ri no começo da existência,
Borboleta gentil!
– Gonçalves Dias

Os lampejos azuis de teus olhos
Fazem n'alma brotar a esperança;
Dão venturas, ó meiga criança,
– Flor celeste no mundo entre abrolhos! –

Ora pendes a fronte na cisma,
Fatigada dos jogos, contente,
E mil sonhos, formosa inocente,
Fantasias às cores do prisma;

Ora voas ligeira entre clícias
Sacudindo fulgores, anjinho;
E o favônio te envia um carinho,
E as estrelas te ofertam blandícias!...

Mas se pende dos fúlgidos cílios
Alva pérola que a face te rora,
De teus lábios, na fala sonora,
Chove, rolam sublimes idílios!

De tua boca na rubra granada
Caem santos mil beijos felizes!
Tuas asas de lindos matizes,
Ah! não rasgues do vício na estrada!

CONFIDÊNCIA

A JOANNA DE AZEVEDO

De mais a mais se apertam nossos laços,
A ausência... ó! que me importa, estás presente
Em toda a parte onde dirijo os passos
Fagundes Varela

Pensas tu, feiticeira, que te esqueço;
Que olvido nossa infância tão florida;
Que a tuas meigas frases nego apreço...

Esquecer-me de ti, minha querida!?...
Posso acaso esquecer a luz divina
Que rebrilha nas trevas desta vida?
Era esquecer a lúcida neblina,
Que nas gélidas orlas de seu manto,
Extingue a febre que meu ser calcina.

Esquecer o orvalho puro e santo,
Que à campânula curva à calma ardente,
Dá mais viço e fulgor, dá mais encanto.

Esquecer o cristal liso ou tremente
Que me retrata a fronte pensativa!
Esquecer-me de ti, anjo temente!...

Ouço-te a voz na langue patativa
Que em trinos desfalece ao vir do inverno:
– Contemplo-te na mimosa sensitiva.

Sem ti não tem o sol um saio terno;
Contigo o mundo tredo – é paraíso,
E a taça do viver tem mel eterno!

Oh! envia-me ao menos um sorriso!
Dá-me um sonho dos teus dourado e belo,
Que bem negro porvir além diviso!

Que a existência sem ti, é um pesadelo!...

DESENGANO

Antes d'espirar el dia
Vi morir à mi esperanza.
Zárate[15]

Quando resvala a tarde na alfombra do poente
E o manto do crepúsculo se estende molemente;
Na hora dos mistérios, dos gozos divinais,
Despedaçam-me o peito martírios infernais;
E sinto que, seguindo uma ilusão perdida,
Me arqueja, treme e expira a lâmpada da vida!

Feriu-me os olhos tímidos o brilho da esperança,
A luz do amor crestou-me o riso de criança;
E quando procurei – sedenta – uma ventura,
Aberta via fauce voraz da sepultura!...
Dilacerou-me o seio, matou-me a crença bela,
O tufão mirrador de hórrida procela!

Então pálida e triste, alcei a fronte altiva
Onde se estampa a dor tenaz que me cativa;
Sorvi na taça amarga o fel do sofrimento,
E a voz queixosa ergui num último lamento:
Era o cantar do cisne, o brado da agonia...,
E a multidão passou soberba, muda, fria!

15 "Antes de expirar o dia, / Vi minha esperança morrer." Cena IV de Quien abla más obra menos (1678), de Don Fernando de Zarate (Antonio Enríquez Gómez, c.1600-1663). [NE]

Desprezo as pompas loucas, desprezo os esplendores,
Trilhar quero um caminho orlado só de dores;
E além, nas solidões, à sombra dos palmares,
ao derivar da linfa por entre os nenúfares,
Quero ver palpitar, como em meu crânio a ideia,
O inseto friorento na languida ninfeia!

Ao despertar festivo da alegre natureza,
Quero colher as clícias que brincam na devesa;
Sentir os raios íguineos da luz do sol de Maio
Reanimar-me a vida que foge n'um desmaio;
Pousar um longo beijo nas rubras maravilhas
E contemplar do céu as vaporosas ilhas.

E quando o ardor latente que cresta a minha fronte
Ceder à neve algente que touca o negro monte;
Quando a etérea asa da brisa fugitiva
Trouxer-me os castos trenos da terna patativa,
Elevarei meus carmes ao Ser que criou tudo,
E dormirei sorrindo n'um leito ignoto e mudo.

DESALENTO

Présago el corazón bate en mi pecho!
Martínez de la Rosa[16]

Adeus, lendas de amor, dourados sonhos
De meu cérebro enfermo;
Adeus, da fantasia, ó lindas flores,
Rebentadas no ermo.

Um dia, da quimera no regaço,
Adormeci sorrindo;
E os astros, lá no empíreo debruçados,
Verteram brilho infindo...

Como à flux da onda egeia um divo canto
De Homero, o bardo cego,
Resvalei da paixão nas vagas fúlgidas,
De esplendores n'um pego!...

Mas depois... densa nuvem desenhou-se
Na safira do céu,
E a ledice infantil fugiu tremendo
Ao futuro escarcéu!
. . . .
. . . .

16 "Inquieto o coração bate no meu peito", em "La boda de Portici" (1838), de Francisco Martínez de la Rosa (1787-1862). [NE]

Por que deixas, ó Deus, que o gelo queime
Minh'alma, planta fria?!...
Cedo descansarei (que importa?) os membros
Na penumbra sombria,

Onde a roxa saudade funerária
Enlaça-me ao cipreste;
Onde a lua, chorosa peregrina,
Derrama a luz celeste!

A vós, lendas de amor, sombras queridas
Dos devaneios meus;
A voz que me embalaste a adolescência,
Meu pranto e eterno adeus!...

AGONIA

Je meurs; et, sur ma tombe où lentement j'arrive,
Nul ne viendra verser des pleurs
Gilbert[17]

Como vergam as lindas açucenas
As pétalas alvejantes
Quando voam do sul as brumas frias;
Quando rola o trovão nas serranias
Com os raios coruscantes;

Como a rola das selvas, trespassada
De mortífera seta
Despedida por bárbaro selvagem,
Que a débil fronte inclina e cai à margem
Da lagoa dileta;
Como a estrela gentil de um céu risonho,
Luzindo aos pés de Deus;
Que pouco a pouco triste empalidece,
E cada vez mais pálida falece
Envolta em negros véus,

17 "Estou morrendo e, sobre meu túmulo, que aos poucos alcanço, / Ninguém verterá seu pranto." Nicolas Joseph Laurent Gilbert (1750-1780). [NE]

Como a gota de mel que entorna a aurora
Na trêmula folhagem,
E brilha, e fulge ao prisma de mil cores;
Que depois desaparece aos esplendores
Da dourada voragem;

Assim foram-se as rosas de meu peito
Sem os rocios de outono...
Vejo apenas a palma do martírio
Convidando-me a ir à luz do círio
Dormir o eterno sono.

CONSOLAÇÃO

PARÓDIA À POESIA PRECEDENTE, PELO SR. J. EZEQUIEL FREIRE

Se também vingam lindas açucenas,
Mimosas, alvejantes,
Nas dobras dos valados – ermas, frias,
Dardeje embora o sol nas serranias
Seus raios coruscantes;
Se também a rolinha trespassada
D'ervada, negra seta,
Acha às vezes um bálsamo selvagem,
E vai gemer ainda à fresca margem
Da lagoa dileta;

Por que descrês de teu porvir risonho,
Poetisa de Deus?!...
Se o fanal do viver empalidece,
Se às vezes sem alento ele falece
Envolto em negros véus;

Bem cedo raia do prazer a aurora
E a trêmula folhagem
Das flores do viver, rebrilha em cores;
E ostenta mil dourados resplendores
Sem medo da voragem!

Avante! Quando as rosas do teu peito
Fenecerem no outono,
Ser-te-á um sélio – a palma do martírio!
E o sol da glória – o prefulgente círio
Que velará teu sono!...

AMARGURA

Senti o golpe no coração, e como a copaíba
ferida no âmago, destilo lágrimas em fios!
J. de Alencar

Ao desmaiar do sol, além, nas cordilheiras,
Ao badalar dos sinos dobrando – Ave-Maria, –
Ai! desprende um gemido, acorde doloroso,
Minh'alma na agonia!

Que importa o ledo riso de um tempo já volvido?
Que importa o beijo frio da cerração do sul?...
O sofrimento extingue anelos de ventura,
– Flor virgem n'um paul! –

Já tive, como todos, meus enlevados sonhos,
Senti tingir-me a face a púrpura do enleio;
E o coração pulsou-me um dia entre delícias
Fazendo arfar o seio.

E a flor vendo-me a furto, fulgia mais contente!
E as lâmpadas do céu brilhavam mais gentis!
E os cânticos das aves mais ternos se elevavam
Nas virações sutis!

E a luz me enviava um raio de tristeza;
A luz, beijo de fogo – ardente, fulgurante!
A nuvem vaporosa ao perpassar no espaço,
Olhava-me um instante!

Ai! cedo esvaeceu-se a frívola miragem,
E fugitiva, rápida, desfez-se esta ilusão;
Apenas hoje sangra e estua-me sem vida,
O gélido coração.
Não mais se expandem lírios, nem luzem mais estrelas;
Emudeceram lentos os mágicos cantores:
Não mais se envolve a luz entre amorosos laços,
Em límpidos fulgores.

Por que não sou a rola que deixa além o ninho,
E estende as leves asas, e voa n'amplidão?
Por que não chego ao menos a fronte à imensidade
Por sobre a criação?!...

Por que não sou íris que arqueia-se no éter?
Por que não sou a nuvem dos páramos sidéreos?
Por que não sou a onda azul que além desmaia
A revelar mistérios?...

O mundo que me vê passar sem um sorriso,
Não vê do meu tormento o horrendo vendaval!
Ele que acolhe e afaga o venturoso, entrega
O triste à lei fatal!

Só resta hoje à minh'alma os campos do infinito;
Aquece-se a tristinha ao sol da eternidade;
E se à lembrança traz as lendas que se foram,
São laivos de piedade!

Meu Deus! por que embalar-me o quedo pensamento
Se o amor é passageiro, se as glórias são de pó?!
Poetisa – toma a lira às lufas da descrença,
E a ti me volvo só.

Bondoso abre-me os braços, reúne-me a teus anjos,
A eternal ventura palpitante;
Contemplarei o – nada – do seio das estrelas,
Das dores triunfante!

Ponte de Resende, ramal de São Paulo, vistas fotografadas da Estrada de Ferro D. Pedro 2, 1881.

FRAGMENTOS

Minh'alma é como a rola gemedora
Que delira, palpita, arqueja e chora
Na folhagem sombria da mangueira;
Como um cisne gentil de argênteas plumas,
Que falece de amor sobre as espumas,

A soluçar a queixa derradeira!
. . . .

Meu coração é o lótus do oriente,
Que desmaia aos langores do ocidente
implorando do orvalho as lácteas pérolas;
E na penumbra pálida se inclina,
E murmura rolando na campina,
"Ó brisa, me transporta às plagas cérulas!"
. . . .
Ai! quero nos jardins da adolescência
Esquecer-me das urzes da existência,
Nectarizar o fel de acerbas dores;
Depois... remontarei ao paraíso,
Nos lábios tendo os lírios do sorriso,
Sobre as asas de místicos amores!

CISMA

Zéfiro pleno de estival fragrância,
Sinto a teus beijos ressurgir-me n'alma
O drama inteiro da rosada infância!
Fagundes Varela

Ó aura merencória do crepúsculo,
Mais terna que o carpir de Siloé;
És tu que embalas minha funda angústia;
És tu que acendes no meu peito a fé.

És tu que trazes-me a virgínia endeixa
Que os anjos gemem na celeste estância;
O sussurro dos plátanos do Líbano,
O frescor dos rosais de minha infância!

Estranha languidez gela-me o seio;
Abre-se além a campa glacial;
Minha fronte que ao chão lívida pende,
Levanta com teu beijo divinal!

Eu tenho n'alma uma saudade infinda,
Mais profunda que a abismo dos espaços...
– Choro meu berço que deixei criança;
– Choro o sol que aclarou meus débeis passos.

Recorda-me as dolentes monodias
Que na lagoa canta o pescador;
E as tristonhas cantigas dos escravos
Quando o céu se desata em luz de amor!

E os campos de esmeralda que s'enlaçam
À opala radiante do infinito...
E a pluma extensa dos bambus da mata,
Onde ecoava da araponga o grito...

Ai, não me fujas viração sentida!
Fale-me ainda da estação feliz!
Desfolha sobre a tumba de meus sonhos
A grinalda dos risos infantis!

Este ligeiro hálito da pátria
Como desperta sensação tão pura!
Como esta essência dos folguedos idos,
Infunde n'alma tão sutil ternura!

Ó aura do crepúsculo, mais suave
Que o perfume das rosas de Istambul;
– Leva a meu ninho, meu gemer de Alcione!
– Traz de meu ninho a primavera azul!

RESIGNAÇÃO

Oh! Que essa tristeza tem doce magia;
Qual luz que esmorece lutando com as sombras
Nas vascas do dia.
Bernardo Guimarães

No silêncio das noites perfumosas
Quando a vaga chorando beija a praia,
Aos trêmulos rutilos das estrelas,
Inclino a triste fronte que desmaia.
E vejo perpassar as sombras castas
Dos delírios da leda mocidade;
Comprimo o coração despedaçado,
Pela garra cruenta da saudade.

Como é doce a lembrança desse tempo
Em que o chão da existência era de flores,
Quando entoava, ao múrmur das esferas,
A copla tentadora dos amores!

Eu voava feliz nos ínvios serros
Em pós das borboletas matizadas...
Era tão pura a abóbada do elísio
Pendida sobre as veigas rociadas!...

Hoje escalda-me os lábios riso insano,
É febre o brilho ardente de meus olhos:
Minha voz só retumba em aí plangente,
Só juncam minha senda agros abrolhos.

Mas que importa esta dor que me acabrunha,
Que separa-me dos cânticos ruidosos,
Se nas asas gentis da poesia
Elevo-me a outros mundos mais formosos?!...

Do céu azul, da flor, da névoa errante,
De fantásticos seres, de perfumes,
Criou-me regiões cheias de encanto,
Que a lua doura de suaves lumes!

No silêncio das noites perfumosas,
Quando a vaga chorando beija a praia,
Ela ensina-me a orar tímida e crente,
Aquece-me a esperança que desmaia.

Oh! Bendita esta dor que me acabrunha,
Que separa-me dos cânticos ruidosos,
De longe vejo as turbas que deliram,
E perdem-se em desvios tortuosos!...

INVOCAÇÃO

Ao Dr. Pessanha Póvoa

Ingrata... Ó! Não te chamarei ingrata;
Sou filho seu: Meus ossos cobre ao menos,
Terra da minha pátria, abre-me o seio!
Almeida Garrett

Quando a noite distende seu manto,
Quando a Deus faz subir rude canto
Da lagoa o audaz pescador;
Quando rolam no éter mil mundos, –
Quando eleva plangentes, profundos,
Seus poemas, feliz trovador;

Quando a aragem perdida, faceira,
Beija a flor do amaranto, e ligeira
Os olores lhe rouba tremente;
Quando a linfa s'enrosca e murmura,
Na macia, relvosa espessura,
Qual argêntea, travessa serpente;

Quando fulge a rainha dos mares
Desdobrando, entornando nos ares
Suavíssima e plácida luz,
E descansa chorando na lousa
Onde a virgem dormente repousa,
Acolhendo-se à sombra da cruz;

Quando ao som das gentis cachoeiras
Mil ondinas à flux, feiticeiras,
Cortam rolos de espuma de prata;
E desperta do abismo os mistérios,
E reboa nos campos aéreos
O gemido tenaz da cascata;

Sinto n'alma pungir-me o espinho!
Sinto o vácuo embargar o caminho
Que procuram meus trenos de amor!
Desse sol que dá luz e ventura;
Desses pampas de eterna verdura,
Ai! não vejo a beleza, o esplendor!

Se eu pudesse, qual cisne mimoso
Que nas águas campeia orgulhoso,
Demandar minha pátria adorada...
Ou condor, em um voo gigante,
Contemplar sob o céu – palpitante –
Esses lagos de areia dourada...

Mas, ó pátria, são frágeis as asas!
E se aos bardos mil vezes abrasas
Não me ofertas um mirto sequer!...
Quando intento librar-me no espaço,
as rajadas em tétrico abraço
Me arremessam a frase – mulher!...
Seja embora! Se em leves arpejos
Vem a brisa cercar-te de beijos

E dormir sobre tuas campinas,
Dá-me um trilo dos plúmeos cantores!
Dá-me um só dos ardentes fulgores
De teu cálido céu sem neblinas!

NO ERMO

Quando penetro na floresta triste
Qual pela ogiva gótica o antiste
Que procura o Senhor,
Como bebem as aves peregrinas
Nas ânforas de orvalho das boninas,
Eu bebo crença e amor!...
Castro Alves

Salve! Florestas virgens, majestosas,
Aos céus alçando as comas verdejantes
Em perenais louvores!
Salve! Berço de brisas suspirosas,
D'onde pendem coroas flutuantes
Aos lúcidos vapores!

Eu que esgotei do sofrimento a taça,
Que pendo p'ara campa úmida e fria,
No alvorecer da vida;
Que na longa vigília da desgraça
Não vejo luz... nem tenho na agonia
Consolação querida;
Eu que sinto na fronte erma de sonhos
A centelha voraz, a febre ardente
Que o viver me consome;
Que já não creio n'um porvir risonho...
Que só busco olvidar n'um ai plangente
O martírio sem nome...

Oh! eu quero, meu Deus, sorver sedenta
Os virgíneos eflúvios desta selva,
Gozar beleza e sombra!
Molhar meus pés na vaga sonolenta...
E desmaiar depois na mole relva
Na balsâmica alfombra!...

Aqui, entre estes troncos seculares,
Sob a cúpula ingente que flutua
N'um mar de luz serena,
Não penetra a paixão com seus esgares;
Mais lânguido fulgor esparge a lua
Nas asas da falena.

Na mística penumbra entrelaçadas
Vicejam longas palmas espinhosas
De rastejantes cardos;
E no âmago das árvores lascadas,
Em fios brotam bagas preciosas
De cristalinos nardos.

Ao brando embate da amorosa aragem
Desprendem-se das longas trepadeiras
Mil pétalas purpurinas;
E dos terrais a tépida bafagem
Derrama o grato odor das canemeiras
No cálix das boninas.

Nas folhas de sereno gotejantes,
Balouça-se o inseto de esmeralda
À luz dourada e pura;
A serpente de tintas cambiantes
Desprende-se da flórida grinalda,
E roja na espessura!

Além, recorta o vale aveludado,
Entre moutas gentis de violetas
O arroio preguiçoso;
E das flores aladas namorado,
Retrata as doudejantes borboletas
No leito pedregoso.

Em floridos festões cria a liana,
Sobre a linfa que rola murmurando,
Mil pontes graciosas,
Ou coliga-se a hercúlea cangerana,
E eleva-se, blandícias derramando,
Às nuvens luminosas.

O povo dos cerúleos passarinhos
Que há pouco em doces hinos de alegria,
Cantava seus amores,
Volteia em busca dos macios ninhos
Saciado de gozo, a fantasia
Repleta de esplendores.
Pouco a pouco derramam-se nos ares
Mais doces murmúrios. Já se esvaem

No remanso da noite
Os arpejos dos trêmulos pilares;

Já não bafeja os lótus, que descaem,
Das auras o açoite.

Agora que repousa a turba estulta,
Que a lua brinca nos vergéis fulgentes,
E os silfos se embevecem,
O primeiro cantor brasíleo exulta;
E os gorjeios sonoros, estridentes,
N'um gemido falecem!

De novo a voz se alteia palpitante
Ao capricho indolente, langoroso,
Da garganta canora;
Varia o poeta a escala delirante...
Dir-se-ia o murmurar langue saudoso,
Da onda que s'esflora!...

Eu amo estes risonhos alcaçares,
Quer a pino dardeje o rei dos astros
Seus raios queimadores
Quer a névoa que ondeia entre os palmares
Vele os noturnos, luminosos rastros,
Com gélidos palores.

Aqui aos ternos cânticos das aves,
Ao refulgir das lágrimas da aurora

Nos campesinos véus,
Minh'alma presa de emoções suaves
Desdenha a mágoa insana que a devora,
E remonta-se aos céus!
Salve! florestas virgens, majestosas,
Aos céus alçando as comas verdejantes
Em perenais louvores!
Salve! berço de brisas suspirosas,
Donde perdem coroas flutuantes
Aos lúcidos vapores!

O ITATIAIA*[18]

Os negros píncaros do Itatiaia, em forma de agulhas, eram em seus vértices dourados por uma frouxa luz solar, enquanto um certo lusco e fusco matutino pairava sobre as regiões ocupadas por Minas, S. Paulo e Rio de Janeiro. O gelo alastrado por terra e escalando o flanco dos montes, era um manto prateado nas várzeas e pirâmides de cristais nos cabeços dos montes!

Franklin Massena

Ante o gigante brasíleo,
Ante a sublime grandeza
Da tropical natureza,
Das erguidas cordilheiras,
Ai! quanto me sinto tímida!
Quanto me abala o desejo
De descrever n'um arpejo
Essas cristas sobranceiras!

. . . .

Vejo aquém os vales pávidos
Que se desdobram relvosos;
Profundos, vertiginosos,
Cavam-se abismos medonhos!
Quanto precipício indômito,
Quanto mistério assombroso

18 As notas em asterisco são da própria poeta Narcisa Amália. [NE]

Nesse seio pedregoso,
Nessa origem de mil sonhos!...

**Pátrio ponto culminante. O Itatiaia, ramo da serra da Mantiqueira, é realmente o ponto culminante do Brasil. Segundo o Dr. Franklin Massena, mede 2.994 metros de altitude, da raiz até a base das Agulhas Negras, maravilhoso feixe de pilastras de granito que coroa um de seus arrojados píncaros.*

Ondulam ao longe múrmuras
Aos pés de esguios palmares,
As florestas seculares
Cingidas pela espessura;
A liana forma dédalos
Na grimpa das caneleiras,
Do cedro as vastas cimeiras
Formam dosséis de verdura.

Por sobre os seixos dos álveos
Coleiam brancas serpentes,
E as águas soltam frementes
Doridos, brandos queixumes;
Ao perpassar pelas fráguas
Em prateados cachões,
Sacodem nos turbilhões
Seu diadema de lumes.
Brota a torrente cerúlea
Do Aiuruoca em cascata,
Rola a treda catarata

Sobre coxins de esmeraldas;
A linfa desmaia túmida
No coração da voragem,
E terna – lambendo a margem
Vai perder-se além das fraldas!

Em três lagos vejo o tálamo
Onde as agulhas se elevam,
Neles constantes se cevam
Três espumosas vertentes;
Do Paraná galho ebúrneo
Do Mirantão se desprende
E, sem que banhe Resende,
Leva ao Prata os confluentes!

Rompendo o celeste páramo
Nem mais um tronco viceja,
A cricínia rasteja
Sobre as fendas do granito:
Tapeta o solo a nopália,
Verte eflúvios a açucena,
E a legendária verbena
Coroa o negro quartzito!

Mais alto, ostenta-se a anêmona
No caule raimunculoso;
Pendem do seio mimoso
Flocos de virgem pureza:
Roubou-lhe a tinta das pétalas

O *círrus* que adorna a aurora;
A vaga quando desflora
Imita-lhe a morbideza!

O Térglu, o Asse e o Pésciora
Invejam esta altitude,
E da coma áspera e rude
Os cabeços recortados.
Pendem rochedos erráticos
Na vastidão da eminência,
Belezas que a Providência
Guarda a seus predestinados.

Em derredor, às planícies
Nivelam-se as serranias;
Envoltos nas brumas frias
Transparecem os outeiros;
E o olhar ardente e ávido
Contempla os montes perdidos,
Como troféu reunidos,
Como tombados guerreiros!...

Salve! montanha granítica!
Salve! brasílio Himalaia!
Salve! ingente Itatiaia,
Que escalas a imensidade!...
Distingo-te a fronte valida,
Vejo-te às plantas, rendido,
O meteoro incendido,

A soberba tempestade!...
De teu dorso assomam ínvios
Feixes de pedra em pilastras,
Órgão gigante que enastras
De mil grinaldas alpestres!
Quem lhes calca a base, intrépido,
Vendo o sublime portento,
Liberta seu pensamento
Das amarguras terrestres!

Rasgando o horizonte plúmbeo
O sol te envia seus raios;
As nuvens formam-te saios
Quais ligeiras nebulosas!
Miram-te as flores etéreas,
Cobrem-te espumas de neve,
Dão-te o pranto fresco e leve
Da noite as fadas formosas!

E quando envolvem-te as áscuas
Queimando o chão rociado,
Funde-se o tirso gelado,
Caem profusos fragmentos!
Muda-se o quadro de súbito:
– Chovem cristais dos pilares,
E nu se perde nos ares
O perfil dos monumentos!...
. . . .

Vai meu canto ao mundo sôfrego
Que ante os prodígios se inclina,
Narrar a beleza alpina
Das regiões em que trilhas;
Leva-lhe nas asas vélidas
Meu culto à serra gigante,
Pátrio ponto culminante,
Berço de mil maravilhas!

VINTE E CINCO DE MARÇO

Lave-se a nódoa infame que mareia
O refulgente nome do Brasil;
E se o sangue somente lavar pode
Essa mancha odienta e vergonhosa
Venha o sangue, por Deus, venha a revolta!
Celso Magalhães

Na noite sepulcral dos tempos idos
Plácida avulta a merencória esfinge;
Esplêndido fanal que esclarecera
A crente multidão!
Monumento do verbo grandioso
Deste povo titã, débil ainda...
Centelha sideral que fecundara
A seiva da nação!

Lacerado o sendálio tenebroso
Que nos velava os livres horizontes,
Entoa o continente americano
Um hino colossal;
Mais vivida no peito a fé rutila,
Mais nobres s'erguem dos heróis os bustos
Cingidos pela flama deslumbrante
Da glória perenal.*

**As duas primeiras estrofes desta poesia aludem ao projeto de Constituição elaborado pelos membros da Constituinte* *em 1823, no qual todos os grandes princípios da liberdade eram solenemente reconhecidos.*

Mas tu projetas o negror no espaço
Que sobre nós desata-se em sudário!
Mas teu hálito extingue a luz benéfica
Que acendera o Senhor!
Maldição! Maldição! A liberdade
Vê de lodo o seu manto salpicado...
Do vulcão popular a ígnea lava
Desmaia sem calor...

Raiaste como o símbolo nefasto
Do traidor Antíteo, mentindo ao orbe,
E os louros virgens da nação sorveste
Como hidra voraz!
Roubaste ao povo a palma do triunfo,
Recompuseste a algema ao pó lançada,
E moldaste no bronze a estátua fria
Da mentira loquaz!

Das espaldas robustas da montanha
a pedra derrocada, abate selvas;
A avalanche vacila lá nos Alpes...
Convulsam terra e mar!
Resvalaste, padrão de cobardia,
Pelos áureos degraus do sólio augusto...
E a santa aspiração, e os sonhos grandes,
Esmagaste ao tombar!...

Após a luz... o caos confuso, intérmino!
Após o hino festival de um povo...
O lúgubre silêncio do sepulcro
Sem uma queixa, ou voz!
Lançaste a pátria em báratros profundos,
Ferida pela mão da tirania,
E apenas um lampejo de civismo.
Deixaste ao crime atroz!
. . . .
Onde estavam, ó pátria, os teus Andradas
Que sustinham-te aos ombros gigantescos?
Onde o tríplice brado altipotente
Do peito popular?
– Gemem sem luz em cárceres medonhos,
– Seguem do exílio a pavorosa senda
Rorando com seu pranto piedoso
De teu solo o altar!

Rasgai, rasgai a folha lutulenta,
– Emblema de mesquinho cativeiro;
Não vedes? Choram hoje em tuas campas
Os manes dos heróis!...
Salvai a honra dos que em lar estranho
Por ti verteram lágrimas de sangue,
E resgatando a fé despedaçada,
Vingai nossos avós!...

Estação de Resende – vistas photographicas da Estrada de Ferro D. Pedro II, 1881.

MANHÃ DE MAIO

A BRANDINA MAIA

A madrugada,
Recatada no véu d'espessa bruma
Aparece, respira-se alegria!
Téofilo Braga

Querida, a estrela d'alva ao mar s'inclina;
Solta a calhandra o canto da matina
Na coma ingente da giesta em flor!
A natureza é uma ode imensa:
Eleva-se de cada mouta densa
O hino ao Criador!

Deixemos a cidade: além, a veiga
Nos guarda a olência apaixonada e meiga
Dos corimbos que agita a viração.
Vês? Desponta uma rosa em cada galho,
E das rosas tremula o doce orvalho
No rubro coração!

Pelas espáduas ásperas do monte,
– Gigante das legendas do horizonte,
Rola a espuma de luz e alaga o val;
Ao mole influxo de teu riso mago
Desperta o euro e frisa em doido afago
Das linfas o cristal!

E o nenúfar a estremecer de frio
Levanta a fronte cérula do rio
Expondo ao raio a face de cetim;
As borboletas dançam como willis;
Esquece a louca abelha as amaryllis
No seio do jasmim!

Da selva secular nas verdes naves
Perdem-se ao longe os cânticos suaves
Dos voláteis salmistas do sertão;
Ouves? A queixa túrbida das matas,
E o múrmur merencório das cascatas
Reboam n'amplidão!...

Rasgando a profundeza flutuante
Das nuvens a pilastra cintilante
Sustenta do infinito a concha azul;
E a concha do infinito é o quente ninho,
D'onde a estrela, dourado passarinho,
Voara para o sul! –

Na terra – plena paz! plena harmonia!
Rolam cantos de amor, de poesia;
No val, na serra, na extensão do mar!...
No firmamento – fogos peregrinos,
E a névoa a gotejar prantos divinos
De Deus ao terno olhar!...

É a hora em que a prece da serrana
Vai fervente da plácida cabana
Às plantas expirar do Redentor!
Em que a loura criança acorda rindo!
E corta o dorso do oceano infindo
O pobre pescador!

E a fantasia arroja-se no espaço
Da caligem quebrando o frio laço
Para ondular no pélago de anil!
E Deus desprende para ti, formosa,
A essência virginal da tuberosa,
Que s'embala no hastil!

Em nosso seio brinca a primavera,
Em nossa fronte a lúcida quimera
Verte a flama voraz da inspiração;
Pois bem! que o vento leve à divindade
Do puro altar de nossa mocidade
O incenso da oração!...

A RESENDE

Eu te achei, meu bordão de romeiro
Que mal m'esperavas... talvez!
Teixeira de Mello

Enfim te vejo, estrela da alvorada,
Perdida nas celagens do horizonte!
Enfim te vejo, vaporosa fada,
Dolente presa de um sonhar insonte!
Enfim, de meu peregrinar cansada,
Pouso em teu colo a suarenta fronte,
E, contemplando as pétreas cordilheiras,
Ouço o rugir de tuas cachoeiras!

Mal sabes que profundos dissabores
Passei longe de ti, éden de encantos!
Quanto acerbo sofrer, quantos agrores
Umedeci co'as bagas de meus prantos!
Sem um raio sequer de teus fulgores...
Sem ter a quem votar meus pobres cantos...
Ai! O Simun cruel da atroz saudade
Matou-me a rubra flor da mocidade!...

Vivi bem triste! O coração enfermo
Buscava embriagar-se de harmonias,
Porém via do céu no azul sem termo
Um presságio de novas agonias!...

O bulício do mundo era-me um ermo
Onde as lavas do amor chegaram frias...
Só uma melancólica miragem
Dourava-me a solidão – a tua imagem!

Caminhei, caminhei sem ter descanso
Ao som das epopeias das florestas;
Caminhei, caminhei e no remanso
Da tarde, ouvi do mar as vozes mestas;
Nas ribas descansei de um lago manso
P'ra gozar do talento as nobres festas,
E adormeci na esmeraldina alfombra
Da palmeira real à grata sombra!

Caminhei inda mais: com nobre empenho
Penetrei no sagrado santuário*
Onde o gênio – em delírio – arrasta o lenho
Do trabalho, em demanda de um Calvário!
Vi surgir sobre a tela, à luz do engenho,
E povoar o templo solitário,
Da Carioca a lânguida figura,
De Nhaguaçu o feito de bravura!...

Inclinada nas longas penedias
Acompanhei o voo das gaivotas;
Meu nome arremessei às ventanias
Sem que sentisse sensações ignotas!
Da musa do piano as melodias,
De uma flauta canora as doces notas,

O gelo que sorvi num mago enleio,
Tudo gelado achou meu débil seio!...

*"com nobre empenho / Penetrei no sagrado santuário". Refiro-me nestes versos à oficina do nosso exímio pintor, o Dr. Pedro Américo de Figueiredo e Mello. Ali passei agradavelmente algumas horas, admirando os mais belos trabalhos do filósofo-artista.

Mas após negridão de noite lenta,
Na curva do horizonte o sol resplende:
Após o horror de tétrica tormenta,
Gazil santelmo lá no céu se acende;
Após o latejar da dor cruenta
Vejo-te enfim, ó plácida Resende,
Debruçada no cimo da colina,
Sorrindo meiga à exausta peregrina!

Abre-me os braços, filha do ocidente,
Quero beber teus mádidos luares!
Quero escutar o soluçar plangente
Do vento pelas franças dos palmares!
Não vês que no meu lábio há sede ardente?
Que calcinou-me a tez o sol dos mares?...
Ah! mostra ao passo meu tardio, incerto,
A sombra d'arequeira do deserto!

Que saudades que eu tinha das campinas,
Destes prados e veigas odorantes!
De teu tirso de cândidas neblinas
Recamado de auroras cambiantes!
Destas brandas aragens matutinas
Que doidejam com as ondas murmurantes,
De tudo, tudo quanto em ti resumes,
Formosa noiva dos estivos lumes! –

Na corola da flor de minha vida
Se aninha agora inspiração mais pura;
De meu rio natal a voz sentida
Desperta em mim um mundo de ternura!
Em minha triste fronte empalecida
Mais uma estrofe límpida fulgura,
E no berço de tuas matas densas
Libo sedente o orvalho de mil crenças!...

Ó filha de Tupã, que um véu de brumas
Estendes sobre o mísero precito;
Ó ave linda, que as mimosas plumas
Aqueces nos ardores do infinito;
Garça gentil, que surges das espumas
Como da mente do poeta o mito,
Enquanto a lua ondula pelo espaço
Abre a meu sono eterno o teu regaço!

MIRAGEM

Délivrez, frémissants de rage,
Votre pays de l'esclavage,
Votre mémoire du mépris!
Victor Hugo[19]

Senhor, o calmo oceano
No verão nas quentes noites,
Se revolta sobranceiro
Da tempestade aos açoites!
Encrespa o dorso potente
Dilacerando fremente
As asas do vendaval;
Faz cintilar a ardentia,
E arroja à nuvem sombria
Diademas de cristal!

Envolta em flocos de neve
Se levanta a cordilheira;
Sonha um raio ardente, igneo,
Que lhe doure a cabeleira!
Fita audaz o vasto espaço,
Despedaça o tíbio laço
Dos nevoeiros do sul;
Solta a coma de granito,
Vai devassar o infinito
Rasgando o cendal azul!

19 "Libertem, fremindo de cólera, / Vosso país da escravidão, / Vossa memória da desafeição!" Victor Hugo (1802-1885). [NE] 19

No espelho em que o sol se mira
A tarambola em delírios,
Corta co'as plumas de prata
Da espuma os nítidos lírios;
De sobre o escarcéu, ignota,
Num voo imenso a gaivota
Sonda os páramos do ar;
E dos passos encantados
Surgem peixinhos dourados
Que saltam a frol do mar!

Oh! tudo, tudo se expande
Às auras da liberdade!
A treva calcando as plantas,
Demandando a imensidade!
Do incenso a loura neblina...
O som da voz argentina
Que canta idílios de amores...
Do Nuttal o pó ardente...
Da mata a cúp'la virente...
Do rio os tênues vapores!

E sob o céu sempre belo
Da mais sedutora plaga,
Beija – o rei – da natureza
O ferro que o pulso esmaga?!
Qu'importa que os sáxeos montes
– Atalaias de horizontes –
Clamem do ar n'amplidão:

"Levanta-te, ó povo bravo,
Quebra as algemas de escravo
Que aviltam-te o coração"?!...

Rompem-se esforços insanos,
Esmaga o flagício lento;
Mas a verdade sublime
Não aclara o firmamento.
Descera a mortalha fria
Que do mais formoso dia
Enturvava o alvorecer,
E não transborda ruidoso
O vagalhão luminoso
Que o cetro deve sorver!?

Meu Deus, quando há de esta raça,
Que genuflexa rebrama,
Erguer-se de pé, ungida,
Das crenças livres na chama?
Quando há de o tufão bendito
Trazer, das turbas ao grito,
O verbo de Mirabeau?
E a luz da moderna idade
Ao crânio da mocidade
Os sonhos de Vergniaud?!...

Oh! dá que em breve eu contemple
Aos puros raios da glória
O feito altivo gravado

Nos fastos da pátria história!
Dá que deste sono amargo,
Deste pélago em letargo
Que nos envolve no pó,
Surja a vaga triunfante
Que anime no túmulo ovante
As cinzas de Badaró!

LEMBRAS-TE?

A ADELAIDE LUZ

La nature semblant n'avoir q'une âme aimante
La montagne disait: Que la fleur est charmante!
Le moucheron disait: Que l'océan est beau!
Victor Hugo[20]

Era à tardinha: a luz no monte debruçada
Nos enviava o – adeus – com tépido langor;
Brincava em nossas tranças a brisa embalsamada,
Tudo ante nós sorria, desde a gramínea à flor.

E tu me perguntaste com essa fala aérea,
Tomando minha mão nas tuas mãos mimosas:
"– Por que cismando fitas a vastidão sidérea?
Por que contemplas muda as tênues nebulosas?"
Escuta: a terra sagra ao sol mil harmonias!
A fonte ondula trêmula a superfície azul;
Vagam no espaço – errantes – celestes melodias,
E róseas nuvens cingem a amplidão do sul.

No ar brincam as sombras com seus fulgores pálidos,
As dríades desdobram as asas transparentes;
Esquece a magnólia do dia os raios cálidos,
E os alvos nenúfares se ocultam nas correntes,

20 "A natureza parecia ter uma alma toda amorosa, / A montanha dizia: como a flor é graciosa! / O mosquito dizia: como o oceano é bonito!", do poema "A Louis B" (1840). [NE]

Ao longe, o busto negro de imensa serrania
Campeia majestoso ao lânguido clarão...
Esvai-se lá nas selvas o som d'Ave-Maria...
E a trepadeira rubra alastra o mole chão.

Argênteas cataratas rolando pelas fráguas
Sacodem catadupas de lindos diamantes;
Na face dos arroios, na candidez das águas,
Perfumam os corpos cambiantes.

Além soluça a rola um cântico saudoso...
Entorna-se a poesia do firmamento à flux;
Gemem eólias harpas, e o manto luminoso
Do céu, desvenda as loiras palhetas que produz!

Não me perguntes mais com essa fala aérea
Porque muda contemplo as tênues nebulosas,
Porque cismando fito a vastidão sidérea,
Ó sílfide embalada em névoas vaporosas!

Vejo no lago azul, na flor, nos verdes montes,
O Ser que cria à brisa, e doura o arrebol;
Que impele a nuvem túmida por sobre os horizontes,
Que fazendo-nos de pó, vestiu de luz o sol!...

À LUA

Tu és o cisne que em meus cantos, canta
Tu és a amante que em meus prantos chora!
Teixeira de Mello

Contemplas-me, virgem pálida?
Mandas-me um riso? Não creio!
Não vejo a espuma fulgente
Da luz, num beijo fervente
Tingir-te a neve do seio!

Por que de brandas carícias
Circundas a poetisa?
Não tens acaso nas flores
Mais feiticeiros amores?
Não tens o arpejo da brisa?

Quando no leito sidéreo
Repousas a face linda,
Pareces alva criança
Que descuidosa descansa
No berço alvejante ainda.

E se passas entre páramos
Nos braços de mil anjinhos;
Se vais banhar-te nos lagos
Do lírio aos langues afagos,
Saúdam-te os passarinhos!

Ah! quebra a nudez intérmina
Meiga irmã dos pirilampos!
Não vives de poesia?
Por que percorres sombria
Do céu os lúcidos campos?

Estendo-te os braços trêmulos,
Vem desvendar-me o mistério;
Contar-me as latentes dores,
A causa dos teus palores,
Rainha do reino aéreo.

Depois... ao clarão esplêndido,
Seguindo-te os lentos passos,
Contar-te-ei meus pesares
Em frente à extensão dos mares,
Presa em teus délios laços.

Mas não tentes, em silêncio,
Sondar a chaga dorida!
É tarde, virgem, é tarde,
No meu seio apenas arde
Uma centelha de vida!

SETE DE SETEMBRO

Ergueu-se a mão de Deus sobre o Ipiranga,
Quando o esteio aluiu do despotismo
Félix da Cunha

En vain l'injuste violence
Au peuple qui le loue imposerait silence:
Son nom ne périra jamais.
Le jour annonce au jour sa gloire et as puissance.
Racine[21]

Salve! dia feliz, data sublime
Que despertas o sacro amor da pátria
Em nossos corações!
Salve! aurora redentora que eternizas
A era em que o Brasil entrara ovante
No fórum das nações!

Aquém do oceano, entre choréas místicas,
Co'a imensa coma abandonada aos ventos
Descansava a dormir,
O filho altivo das cabrálias cismas;
– Calmo como a Sibila que tateia
Mistérios de porvir!

21 "Em vão a injusta violência / Ao povo que louva imporia silêncio / Seu nome jamais perecerá, / O dia anuncia ao dia sua glória e sua força", em Athalie (1691), de Jean Racine (1639-1699). [NE]

E os ósculos ardentes do pampeiro
Do gigante adormido os lassos membros,
Enchiam de vigor,
E os délios raios da saudosa lua
A soberba cabeça lhe adornavam
D'estemas de fulgor.

Um dia... ai! despertou, vendo cortado
Pela infame cadeia dos cativos
O nobre pulso seu;
Estremecera em ânsias: lava ardente
Rugira incendiada pelas fibras
Do novo Prometeu!...

E os mundos agitaram-se nos eixos;
E o mar convulso arremessou aos ares
Cristais em turbilhões;
E a humanidade inteira ouviu tremendo
O brado heroico que rasgara o peito
Do gênio das soidões!

Após insano esforço, ergueu-se ingente

Calcando aos pés a algema espedaçada
Da luta do estertor,
E o Amazonas foi dizer aos mares,
E os Andes se elevaram murmurando:
"Eis-nos livres, Senhor!"

Tu foste meiga estrela que fulguras,
Apontando o caminho ao pegureiro
Exposto ao vendaval;
Rosa orvalhada de divinas lágrimas,
Que o colo purpurino reclinaste
No sólio de Cabral;

Liberdade gentil, visão dos anjos,
Clícia mimosa balouçada à sombra
Pelo bafo de Deus,
Tu foste, como sempre, a luz d'aliança
Que a santa chama n'alma aviventaste,
Roubando-a aos escarcéus!...

Mas não se cinge a escravidão à algema:
A terra que sagrar vieste livre
Do futuro no altar,
Rasgado o seio por voraz abutre,
Vê-se ora entregue à escravidão dos erros,
Sem forças, vacilar!

Ah! Não te esqueças deste augusto dia!
Ampara o débil povo que se curva
Ante um falso poder!

Desdobra tuas asas refulgentes
Sobre q leito funéreo em que repousa
O mártir Xavier!

E quando os filhos teus tendo por bússola
A crença livre que n'antiga idade
Fundiu tantos grilhões,
Remontarem aos polos do futuro
Enchendo o vácuo de um presente inerte
De indústria e aspirações;

Serás tu, liberdade sacrossanta
Que cingida de magos resplendores
Nos ungirás de luz!
Serás tu, que voltada p'ra o infinito
Nos guiarás na senda fulgurante
Que à vitória conduz!...

Salve! dia feliz, data sublime,
Que desperta o sacro amor da pátria
Em nossos corações!
Salve! aurora redentora que eternizas
A era que o Brasil entrara ovante
No fórum das nações!...

A NOITE

Eu amo a noite solitária e muda
Quando no vasto céu fitando os olhos,
Além do escuro que lhe tinge a face
Alcanço deslumbrado
Milhões de sóis a divagar no espaço.
Gonçalves Dias

Ó Noite, meiga irmã da poesia,
Ninfa em lânguidas cismas balouçada,
Abre-me o seio teu, pleno de encantos!
Oh! quero em ti fugir à dor famélica
Que me devora o coração sem vida
E os seios de minh'alma dilacera!
Quero a fronte pendida alçar, envolta
Na fimbria imensa de teu manto tétrico!...

Debruça-se a nopália enfraquecida
Se o cálix lhe bafeja o Norte adusto;
Desmaia a vaga azul na praia curva
Como um arco indiano, quando céleres
Do favônio indolente os leves beijos
Esfrolam da laguna a nívea opala;
Também meu coração se estorve e sangra
Do sofrimento entre as cruentas fráguas!

E tu, que as alvas pétalas requeimadas
Alentas com uma lágrima celeste;
Tu, que da espuma da amorosa ondina
Formas na concha a preciosa pérola;
Concede ao peito meu que a mágoa enluta
Inda um momento de serenos gozos...
Um riso que meus lábios ilumine,
Um só lampejo de fugaz delícia!

Ó fonte de ilusões, sobre teu colo

Repousa exangue o desgraçado escravo;
Ao silêncio que espalhas sobre a terra
Implora o triste bardo a estrofe rútila,
Que se expande em torrentes de harmonia!
E o pobre, em áureos sonhos, transportado,
Contempla a messe que promete o estio
Aos filhos desditosos da miséria!

Quanto te amo, ó Noite! À mole queixa
Da brisa que adormeces na floresta
Confundo meus tristíssimos gemidos;
À melodia das esferas pálidas
Que as orlas de teu véu sombrio bordam,
Concerto as trenos que o sofrer me inspira;
E a gota amarga que me sulca as faces
A um teu sorriso se converte em bálsamo!...

Quando na extrema do horizonte infindo
Do sol se apaga o derradeiro raio;
Quando lenta e tardia desenrolas
De teu manto real a tela plúmbea;
Quando vais rociar a laje tosca
Da fria sepultura com teus prantos,
O murmúrio dos mundos emudece
Ante tua grandeza melancólica!...

E se a filha gentil de teus amores
Cingida de palor no éter brilha;
Se a poeira dos astros cintilantes
Do Senhor do universo esmalta o sólio;
Minh'alma desatando os térreos laços,
De vaga fantasia arrebatada,
Vai pelos raios de formosa estrela
Aninhar-se do elísio na flor cérula?...

Ó Noite, meiga irmã da poesia,
Ninfa em lânguidas cismas balouçada,
Abre-me o seio teu, pleno de encantos!
Desse regaço o divinal mistério
Faz-me esquecer a angústia cruciante
De passadas visões! E de meu seio,
Teu morno sopro nas geladas cinzas,
Anima a esp'rança de um futuro esplêndido!...

VEM!

Venez: l'onde est si calme et le cioelest si pur!
Victor Hugo[22]

Lírio mimoso dos jardins cerúleos,
Plácido arcanjo de brilhantes vestes,
Vem, Sono, e com teu cetro fúlgido
Fecha-me os olhos.

Não vês que as sombras se desdobram tétricas?
Que Eólo geme sem já ter um silvo?
Não vês que os gênios do oceano indômito
Lânguidos choram?

Vem, que a fragrância dos junquilhos cândidos,
Se casa ao múrmur da fugaz corrente;
Há na folhagem das sombrias árvores
Túrbida queixa.

Se ao leito foges em que rola o cético
Turbando a noite co'a blasfêmia ímpia,
Tu vens da virgem deferir a súplica
Timida e pura!

22 "Venha: a vaga é tão calma e o céu, tão puro!" em "Moise sur le Nil" (1820). [NE]

E quando baixas, belo ser notívago,
Vertendo orvalhos, mitigando dores,
As magnólias que se alteiam pálidas
Curvam-se na haste.

O pobre escravo num langor benéfico
Recobra forças para a luta insana;
Lasso proscrito, todo o horror de exílio
Misero! – esquece.

A branca pomba, da doçura símbolo,
Oculta a fronte sob as níveas asas;
E o rei das feras nas cavernas líbicas,
Flácido tomba!...

O cafre exausto sobre a areia tórrida
Busca a palmeira no Saara erguida;
E goza ao sopro de teu meigo hálito,
Mágico encanto!

Oh! mais não tardes, vem ungir-me as pálpebras!
Meu ser embala num dourado sonho!
Rasga o véu denso que limita o vácuo,
Mostra-me a pátria!...

PESADELO

AO MEU PAI, O SR. JÁCOME DE CAMPOS

I

A toi ce dur métier,
D'empêcher que le droit ne meure tour ce
A toi, vers fossoyeur, de déterrer les ombres
De secousse des morts le spectre gémissant,
De mettre au front du crime une marque de sang!
Jean Larocque[23]

Quando nas horas mortas da noite que se esvai
Me empalidece a face e a fronte me descai,
Eu dessa vastidão sem fim do mar do mundo
Colho as raras pérolas que dormem lá no fundo;
E vejo a luz mostrar-se a custo, fugitiva,
Por entre densas trevas a cintilar cativa.

Da velha idade ao sol... Na Grécia Florescente
Caindo o persa audaz, não vê a lava ardente
Que lavra desses peitos nos férvidos vulcões!
Da pátria a queixa rasga os gregos corações:
Levanta-se Mil síades e nas guerreiras lides
Abraça o gênio másculo do íntegro Aristides!

23 "A ti cabe essa difícil tarefa / De impedir que o direito morra de vez, / A ti cabe, verme que aniquila, exumar as sombras, / Agitar dos mortos o espectro gemente, / Colocar na fronte do crime um sinal de sangue!" [NE]

Além folgava Roma em seus festins ruidosos
– Berço da ímpia Túlia e régios criminosos, –
E a sanha do Soberbo – rugia sob os véus
De fúlgidos zimbórios e lindos coruchéus:
Mas a honra de Lucrécia, por um príncipe ultrajada,
No sangue dos senhores por Bruto foi vingada.
Nessas montanhas ínvias, nos alcantis virentes,
Na limpidez dos lagos de ondulações trementes;
No seio desse ninho formado de mil flores,
Onde cantam idílios os tímidos pastores,
Eu vejo fulminadas as águias poderosas
Que de Tell desafiaram as iras belicosas.

No caos da confusão arquejam parlamentos;
Trêmulo de ardor, reúne esparsos regimentos
E à frente das falanges intrépidas, luzidas,
Vingança! – brada Cromwell às raças oprimidas.
Com rapidez terrível o gládio soberano
Atira ao pó a fronte do plácido tirano!

E vejo um lidador com santo entusiasmo
Tentar roubar a Itália a seu servil marasmo;
Reatear a chama – a chama amortecida
Na mesa do banquete, na morbidez da vida!...
Mas, ai! de um fero Papa, ao mando assassinado,
Rienzi o invencível caiu sacrificado!

E lá quando a Polônia nas garras de seus erros
S'estorce, enchendo em vão de lágrimas os cerros,
Encélado sublime, em frente às invasões,
Destaca-se Kosciusko[24] erguendo as multidões!...
Escrita estava a sorte: devasta a Prússia a plaga,
E o esforço sobre-humano a Rússia fria esmaga.

A filha de Albion ativa repousava
Aquém do vasto mar, ante a mãe pátria – escrava;
Quebra o patriotismo o leito em que dormia,
Ergue-se o povo herói e a luta acaricia:
Silvando voam balas, o eco acorda os montes,
Livre surge a nação enchendo os horizontes!...

24 Andrzej Tadeusz Bonawentura Kosciuszko (1746-1817), também conhecido como Tadeu Kosciusko em português, foi um herói nacional da Polônia, general e líder contra o Império Russo em 1794.

II

Ton souffle du chaos faisait sortir les lois;
Ton image insultait aux dépouillesdes rois,
Et, debout sur l'airain de leurs foudres guerrières,
Entretenait le ciel du bruit de tes exploits.
Casimir Delavigne[25]

Salve! Oh! salve Oitenta-e-Nove
Que os obstáculos remove!
Em que o heroísmo envolve
O horror da maldição!
Rolam frontes laureadas,
Tombam testas coroadas
Pelo povo condenadas
Ao grito – revolução!

Caem velhos privilégios
D'envolta co'os sacrilégios;
São troféus – os cetros régios,
Mitra, burel e brasão!

E os três esquivos estados
Fundem-se em laços sagrados,
Que prendem os libertados
Aos pés da revolução!

25 "Teu sopro fazia brotarem do caos as leis / Tua imagem insultava os despojos dos reis; / E, em pé sobre o bronze dessas forças guerreiras, / Oferecia ao céu o som de teus feitos", em "À Napoleón" (Les Messéniennes, Livre II) (1835), de Casimir Delavigne (1793-1843). [NE]

No pedestal da igualdade
Firma o povo a liberdade,
Um canto à fraternidade
Entoa a voz da nação,
Que em delírio violento
Fita altiva o firmamento
E adora por um momento
A deusa – Revolução!...

Os ódios secam o pranto,
A ira tem mago encanto,
E a morte sacode o manto
Lançando crânios no chão!
Aqui – são longos gemidos
Desses que tombam feridos;
Ouvem-se além – os rugidos
Da fera – revolução.

Treme a humana potestade
Ante tua mortandade!
Proclama que a sociedade
Agoniza em convulsão!
Erguem-se estranhas fileiras
Vão devassar as fronteiras,
Bradando às hostes guerreiras:
– Abaixo a Revolução!

O nobre povo oprimido
Supõe-se fraco e vencido,
Medem-lhe o sangue espargido
Nas vascas da confusão.
Não sabem que é mais veemente
Dos livres o grito ingente
Quando reboa fremente
À luz da revolução!

Levanta-se hirta a falange
E a louca marcha constrange;
Rindo-se aguça o alfanje
Tendo por guia a razão!
Ao sibilar da metralha
O obus gemendo estraçalha,
E o vasto campo amortalha
Quem fere a revolução!
Cobre a bandeira sagrada
A multidão lacerada,
E da França ensanguentada
Assoma Napoleão;
Surge da borda do abismo
O gênio do cristianismo,
E dos mártires o civismo
Confirma a Revolução.

III

Que palmas de valor não murcha a grande história!
O povo esquece um dia os ínclitos varões...
Pedro Luiz

Contempla, minha pátria, sobranceira,
Dessas hostes os louros refulgentes;

E procurando a glória em teus altares
Entretece uma coroa a Tiradentes.

Viste marchar ao exílio acorrentados
Quais feras que teu seio rejeitava,
Os mais que desprender-te o pulso tentam,
E dormiste sorrindo – sempre escrava!...

E quando retumbou no espaço um brado
Tentando sacudir-te a negra coma,
Curvaste-te ao flagício fratricida
E deste ao cadafalso o – Padre Roma!

E não contente, após a exímia aurora
De tua amesquinhada independência,
Mais vítimas votaste em holocausto
Sufocando outra nobre inconfidência.

Não bastavam, porém, tantos horrores
Que enegrecem as brumas do passado;
Foi preciso que às mãos de um assassino
Caísse o grande herói – Nunes Machado!

Foi preciso que em nome da justiça
De prisão em prisão vagando esquivo,
Acabasse afinal sem glória e nome,
Em martírio latente – Pedro Ivo!...

Mas se um dia o porvir abrir-te o livro
Que o presente te oculta temeroso;
Se com a vista medires a estacada
Em que o falso poder se ostenta umbroso;
Então, ó minha pátria, num lampejo
Os erros surgirão da majestade;
E arrojarás ao pó cetros e tronos
Bradando ao mundo inteiro – liberdade!

Terceira Parte

TERCEIRA PARTE

À SUA DEDICADA AMIGA
A EXMA. SRA. D. MARIA AMÉLIA D'IVAHY
BARCELLOS

O . D . C .
A AUTORA

CASTRO ÁLVES

O livro do destino se entreabre
Deixando ver nas páginas douradas
O seu nome fulgente, glorioso,
Que as turbas admiram assombradas!
Joana Tiburtina

Deus quis ouvi-lo,
Deu-lhe um poema ao céu – a Eternidade!
Costa Carvalho

Por que convulsa e geme o pátrio solo
Dos montes despertando os ecos lúgubres?
Por que emudece o férvido oceano
E à terra, erma da luz, chorando atira
Mil turbilhões de lágrimas amargos?

Por que de sombras tétricas se vela
O firmamento azul? Que mágoa imensa
Enluta os corações e arranca o pranto?!...

É que o sono final cerrara os olhos
De um filho das soidões americanas!

O sol que aviventava a chama augusta
No peito dos titãs do – Dois de Julho –
Iluminara o berço vaporoso
Do pálido cantor da liberdade!

As dulcinosas brisas lá do norte,
Ao ensaiar dos passos vacilantes,
Traziam-lhe os queixumes, despertando
Um mundo de harmonias em su'alma!

E a dileta criança estremecia
Sentindo em si a selva do futuro.

Mais tarde a fronte nobre, cismadora,
Volvia ao céu para escutar-lhe os votos
E muda, à terra, revolvia pávida
Como o profeta que a missão sublime
Das mãos de Deus recebe; desmaiava
Como desmaia a flor da magnólia
Aos ardores do estio. E radiosa
A pátria contemplou-o embevecida!

Já não era a criança temerosa
Do confuso murmúrio das florestas;
Era o poeta cuja lira d'ouro
Erguia do sepulcro o vulto ingente
Do apóstolo – Pedro Ivo; cujos trenos
Derramavam lampejos fulgurantes
De um róseo amanhecer: ora risonhos
Como as límpidas pérolas que entorna
A rórida alvorada, ora profundos
Como os cavos rugidos do Oceano!...

Estranha confusão de riso e pranto,
De luz e sombra, mocidade e morte!

Depois, cisne de amor, deixou os lares
Demandando as campinas rociadas,
Onde ecoara o brado altipotente
De Independência ou Morte. Ali desdenha
As três irmãs que lhe apontavam gélidas
O porvir do poeta; vê o gênio
A marchar, a marchar no itinerário
Sem termo do existir, morto de inveja!

E o misero de glória em glória corre
Buscando a sombra de uns frondosos álamos[26]

Eu queria viver, beber perfumes
Na flor silvestre que embalsama o éter;
Ver su'alma adejar pelo infinito
Qual branca vela na amplidão dos mares;
Sentia a voraz febre do talento,
Entrevia um esplêndido futuro
Entre as bênçãos do povo; tinha n'alma
De amor ardente um universo inteiro!

Mas uma voz lhe respondeu sombria:
– Terás o sono sobre a lajem tosca! –

26 Os dois versos dessa estrofe e as duas estrofes subsequentes foram inspiradas em trechos dos poemas "Mocidade e morte" (1864) e "Ahasverus e o gênio" (1868), de Castro Alves, a quem Narcisa Amália fez homenagem póstuma (Castro Alves faleceu em julho de 1871).

E nessas regiões sempre formosas
Onde acenava-lhe o fanal da ciência,
O louco sonhador dos Três Amores
Colheu o fatal germe destrutível
Que minou-lhe a existência; quebrantado
Volveu às plagas que deixara outrora
Por pressentir, como única esperança,
Um túmulo entre os seus, no pátrio ninho.

E as almejadas palmas do triunfo
Converteram-se em lousa mortuária!

Mas... não morreste, não, condor brasíleo
Que nunca morrerão teus puros versos!
Não, não morreste, que não morrem Goethes,
Não morrem Dantes, Lamartines, Tassos,
Garretts, Camões, Gonçalves Dias, Miltons,
Azevedos e Abreus. Teus belos cantos
Cortarão as caligens das idades
Como de Homero os divinais poemas!

E lá da eternidade onde repousas
Acolhe o canto meu que o pranto orvalha!...

A A. CARLOS GOMES[27]

(NO ÁLBUM DO MAESTRO)

Na harpa estalada ao dedilhar primeiro
Não acho um canto para erguer-te ao mundo!
Não acho uma reza para erguer-me a ti!
Teixeira de Mello

Nas ondas de aplausos que rolam-te às plantas
Mil anjos à flux,
Derramam-te n'alma delícias bem santas!
Circundam-te a fronte que altiva levantas
Corimbos de luz!

A glória envolveu-te na faixa fulgente,
De puro esplendor;
No seio aqueceu-te, mostrou-te contente
A senda bordada de louro virente,
De prantos sem dor.

O gênio brilhou-te na testa inspirada
Com vivos clarões;
A pátria escutou-te sorrindo enlevada;
A fama cantando na tuba dourada,
Levou-te às nações!

27 Homenagem ao compositor António Carlos Gomes na ocasião de sua viagem para a Itália, onde regeria sua ópera O Guarani, no teatro Scala, de Milão, em 19 de março 1870.

E em meio de chuvas de louros, de rosas,
Surgiu – Guarani –
E o céu recamado de auroras formosas,
As auras, as flores, as nuvens mimosas
Sorriram-se aqui.

Avante! E se longe da pátria encontrares
Mimoso louvor;
Descantem teus lábios à luz dos luares,
Saudades das filhas dos pátrios palmares,
Dos anjos de amor!

Fazenda Esperança, pertencente a José Martinho de França e Marianna Cândida de M. França. Depois denominada Fazenda Boa Esperança e hoje parte da Academia Militar das Agulhas Negras.

VISÃO

A HELENA FISCHER

Esperança... é o símbolo do futuro,
O caminho incessante para o saber,
Para a riqueza, para o céu.
Jácome de Campos

Uma noite em que a febre da vigília
Escaldava-me o crânio e a fantasia,
Das regiões da luz e da harmonia
Eu vi baixar uma gentil visão;
Tinha na fronte ebúrnea, em vez de pâmpanos,
Grinalda de virgíneas tuberosas,
E trazia nas alvas mãos mimosas
O sagrado penhor da redenção.

E perguntei: – Quem és, arcanjo fúlgido,
Que vens iluminar-me a noite escura?
Quem és, tu que derramas a frescura
No pudibundo cálice da flor?...

Serás acaso a ondina teutônica
Envolta das espumas no sudário?
Serás um raio vindo do Calvário
Para trazer-me vida e crença, e amor?...
"Vida... Não tentes, querubim empírico,
Reanimar a flama extinta hoje!

Sinto que o círio da razão me foge
Da treva eterna no assombroso mar!
Crença... Embalde a pedi com longas lágrimas!
Embalde aclama meu sofrer profundo,
Como clamava Goethe moribundo
– Luz! às sombras silentes de Welmar!...

Amor... Límpido aljofar que das pálpebras
De Cristo rola fecundando o solo!
Amor... Suave bálsamo, consolo
Que implora a humanidade ao pé da cruz!...
Oh! sim, aponta-me miragem cândida
Que mostra ao crente o paraíso aberto;
– Estrela d'Israel, que do deserto
Aos braços da Vitória nos conduz!...

Mas quem és, tu que vens erguer do pélago
A aurora funeral de meu futuro?
Fala! Quem és, que um ósculo tão puro
Depões em minha fronte de mulher?!...
"– Sou a Esperança, disse; em minha túnica
Brilha serena a lágrima do aflito;
Tenho um sólio no seio do infinito,
E banha-me o clarão do rosicler!

Abre-me o coração pleno de angústias,
Conforto encontrarás em meu regaço;
Criarei para ti mundos no espaço
Onde segrede amor aura sutil!

Onde em lagos azuis de areias áureas
S'embalem redivivas tuas crenças,
E à meiga sombra das lianas densas
Vibres cismando às notas do arrabil."

"Curvo-me, ó anjo, a teu assento plácido:
Já nem me punge tanto sofrimento!
Sinto em meu peito o divinal alento
Que verte n'alma teu cerúleo olhar!
A meus olhos se rasga atro sendálio,
Fito o incerto porvir mais calma e forte:
Já tenho forças p'ra lutar com a sorte
E voto a minha lira em teu altar!"

A FESTA DE S. JOÃO

RECORDAÇÃO DA FAZENDA ESPERANÇA A EXMA. SRA. D. MARIANNA CÂNDIDA DE M. FRANÇA

I

Ó noite plena de celeste encanto,
Fonte sagrada de abusões suaves,
Deixa que eu prenda a teu sendal meu canto;
Deixa que eu libe teus arpejos graves,
Ó noite plena de celeste encanto!

Quando do empíreo te debruças linda
Que doce paz no coração entornas!
Com a flor mimosa da saudade infinda
O peito enfermo do proscrito adornas,
Quando do empíreo te debruças linda!

De teu bafejo ao perfumoso afago
O cactus abre a virginal corola
E a ondina paira sobre o azul do lago!
Da brisa o treno ao infinito rola
De teu bafejo ao perfumoso afago!

E tudo, tudo quanto vive ama
Bebendo as lendas que teu manto espalha;
De Vênus brinca a vaporosa flama
Com o facho humilde do casal de palha,
E tudo, tudo quanto vive ama!

Em derredor de uma fogueira ardente,
Qual tribo inquieta de falenas loucas,
Doudejam moças sobre a gleba algente;
E o riso entreabre coralíneas bocas
Em derredor de uma fogueira ardente!

No chão resvalam como orvalho d'ouro
E fátuas centelhas recortando o espaço;
Da laranjeira o doce fruto louro
Da luz cedendo ao languescido abraço,
No chão resvala como orvalho d'ouro!

Corre o tambor a extravagante escala
Seguindo o canto que murmura o escravo;
Negra crioula a castanhola estala,
E à voz robusta que levanta um – bravo! –
Corre o tambor extravagante escala.

Ó! noite plena de celeste encanto,
Fonte sagrada de abusões suaves,
Deixa que eu prenda a teu sendal meu canto;
Deixa que eu libe teus arpejos graves,
Ó noite plena de celeste encanto!

II

Rasgou-se a faixa noturna
Que a natureza envolvia,
E a aurora rubra derrama
Torrentes de poesia;
Das cascatas, da floresta
Ergue-se um hino de festa
Nas harpas da viração;
E o sol – Vesúvio sublime –
Nos crânios vastos imprime
A lava da inspiração!
Erguendo ao Senhor hosanas
Curva-se n' ara o levita,
E a benção concede à turba
Que genuflexa palpita.
Da fé, à chama divina,
Cada cabeça s'inclina
E banhada de etérea luz;
De cada lábio rubente
A prece voa fervente,
Ungindo o pedal da cruz!

A criancinha dileta
Rindo recebe o batismo
E isenta de culpas, entra
No templo do cristianismo!
A celeste unção é gládio

Que vence o crime, paládio
À heresia infernal;
Abate as seitas erguidas
E leva as almas rendidas
A pátria celestial!

Sim! quando em berço d'infante
– Ninho de crenças mimosas –
Onde o amor brota em ondas
Onde rebentam mil rosas,
Resvala a gota sagrada
Que verte na fronte amada
A luz das constelações,
O povo abraça a esperança
E a Deus eleva a criança
Nas asas das saudações!...

Por isso da célia estância
Num raio de caridade
À terra baixou radioso
O anjo da liberdade;
Que a fortes pulsos escuros
Unindo seus lábios puros
Partiu um grilhão atroz;
E de infelizes escravos
Fiz talvez dez homens bravos,
Talvez dez outros heróis!

Oh! bendita a mão femínea
Que o empíreo entreabre ao precito,
Que ao cego aponta um caminho,
E à pátria leva o proscrito!...
Oh! Bendita a mãe formosa
Que olhando e filho, ditosa,
Manda o cadáver viver!
A oração do liberto
Subindo no vento incerto
Faz o céu graças chover!

III

É noite, é noite de magia e enleio!
Buscando asilo em palpitante seio
Voa o pólen da flor!
Doar sereno vibrações eólias
Perfumam-se nas alvas magnólias,
Que languescem de amor!

Da sala festival pelas janelas
Céleres rolam catadupas belas
De fúlgidos clarões;
Vênus surpresa, da azulada esfera,
Um raio de langor verte severa
Por entre as cerrações.

Os perfumes sutis causam vertigens;
Transborda de fulgor o olhar das virgens,
Da madona ideal;
Como a planta a boiar sobre a corrente,
Adeja do mancebo o sonho ardente
Num colo de vestal!

E cada riso anima uma esperança!
Aos sons da tentadora contradança
Olvida-se o sofrer...
O hálito da bela o ar aroma,
E o rubor que na face nívea assoma
Trai íntimo prazer.

Dos lábios de uma loura formosura
Enchendo o espaço de harmonia pura
Desata-se a canção;
P'ra ouvir-lhe a fala maviosa, a lua
Que no páramo intérmino flutua
Penetra no salão!...

Canta, canta formosa peregrina
Que a tua merencória cavatina
Acalma anseios meus!
O mundo é vário, pérfido oceano...
Quando o deixares, cisne soberano,
Gorjearás nos céus!
O turbilhão da valsa o moço arrasta,
E à tez rubente da donzela engasta

A baga de suor...
Só eu meio à turba que doudeja
Sou como a Esfinge que a Athbára beija
Sem vida... sem calor...

Ó noite divinal, plena de olores,
Que estendes sobre a terra um véu de flores
Abertas ao luar,
Verteste em meu sombrio pensamento
O orvalho sideral do esquecimento!
Oh! deixa-me te amar!...

RECORDAÇÃO

A ADELAIDE LUZ*

– que distância
Não vai d'hoje àqueles dias
De nossa risonha infância!
Teófilo Braga

Lembras-te ainda, Adelaide,
De nossa infância querida?
Daquele tempo ditoso,
Daquele sol tão formoso
Que dava encantos à vida?

Eu era como a florinha
Desabrochando medrosa;
Tu, alva cecém do vale,
Entreabrias em teu caule
Da aurora à luz d'ouro e rosa.

Nosso céu não tinha nuvena:
Nem uma aurora fugia,
Nem uma ondina rolava,
Nem uma aragem passava
Que não desse uma alegria!
Nosso céu não tinha nuvens:
Nem uma aurora fulgia,
Nem uma ondina rolava,

Nem uma aragem passava
Que não desse uma alegria!

**A Adelaide Luz, à companheira dos folguedos infantis, à moça inteligente e estudiosa em cuja fronte fulgura a tríplice coroa da beleza, do espírito e da bondade, devia eu a minha primeira produção poética. Alterar agora a linguagem íntima e singela desses versos seria uma profanação.*

Tu me contavas teus sonhos
De pureza imaculada;
Eflúvios de poesia,
Trenos de maga harmonia...
Eras sibila inspirada!...

-

E a nossos seres repletos
Desse amor que não fenece,
Como sorria a existência!
Quanto voto de inocência
Levava ao céu nossa prece!

Hoje que apenas cintila
Ao longe a estrela da vida,
Venho triste recordar-te
Esse passado, abraçar-te,
Minh'Adelaide querida!

O SACERDOTE

AO REV.MO SR. VIGÁRIO FELIPE JOSÉ CORREA DE MELLO

C'est un ange venu sur la terre où nous sommes,
C'est l'homme presque Dieu consolant d'autres hommes.
Guiraud[2842]

Ente sagrado que sereno calcas
Os bravos cardos do terreno horto,
Erguendo os fracos que chorando prostram-se,
Entre a miséria a derramar conforto;
Dizei, que arcanjo te sustenta, oculto,
Do mundo falso sobre as crus paixões?
Quem deu-te a crença que a sorrir espalhas
Às multidões?

Quem deu-te aos olhos que a celeste flama
Que alenta a vida, e purifica a alma,
E o lábio ungiu-te do melífluo verbo
Que tanta ardência, tanta sede acalma?...
Símbolo do Cristo, tu entornas bálsamos
Do peito aflito sobre o chão revel...
Quanta nobreza não disfarça avaro
Negro burel?!

28 "É um anjo que veio à terra em que estamos, / É o homem quase Deus que consola outros homens." Alexandre Guiraud (1788-1847). [NE]

Teu doce império se revela exímio
Onde do déspota o poder falece,
Ao céu teu ser em sacrifício sobe
Nas brancas asas da singela prece.
Banha-se o crente, a teu suave assento,
Nas ondas louras da caudal da fé;
Caem por terra mil errôneas seitas
Ontem de pé!

O braço inerme protetor estendes
Da virgem pura à candidez sublime,
Enquanto ao seio piedoso apertas
O réu, remido do negror do crime!
Após teus passos vão seguindo as bênçãos
Do pobre enfermo que estendeu-te a mão;
Ao ímpio mesmo que blasfema, atiras
Doce perdão!

E guando exausto, para o vil patíbulo,
Caminha um homem que a justiça esmaga,
Sustendo a fronte que o terror desvaira
Além lhe mostras a sidérea plaga:
Contrito escuta o condenado a lenda
Das longas dores que sofreu Jesus,
E quando pende-lhe a cabeça, expira
Beijando a Cruz!

Prossegue sempre nessa trilha augusta;
Para onde adeja a funeral desgraça!
Mas não te afastes dos festivos grupos,
– Quebra-se em breve do prazer a taça!
Se o frio cético ao rolar no abismo
Fitar sombrio os tristes olhos teus,
Verá rasgar-se da sepulcro as sombras,
Julgar-te-á Deus!...

Tais são, ó mártir de uma ideia, as luzes
Que opões à treva tumular do mundo;
Ai! nunca invejes o bulício inglório
Das doudas turbas o labor profundo!
Embora o gênio da desdita envolva
Nosso destino em funerário véu,
Por entre os prantos te veremos sempre
Próximo ao céu!...

AMOR DE VIOLETA

As violetas são os serenos pensamentos que
o mistério e a solidão despertam na alma
verdejante da esplêndida primavera.
Luís Guimarães Júnior

Esquiva aos lábios lúbricos
Da louca borboleta,
Na sombra da campina olente, formosíssima
Vivia a violeta.

Mas uma virgem cândida
Um dia ante ela passa,
E vai colher mais longe uma faceira hortênsia
Que à loura trança enlaça

"Ai! geme a flor ignota:
Se pela cor brilhante
Que tinge a linda rosa, a tinta melancólica
Trocasse um só instante;

Como sentira, ébria
De amor, de mágoa enleio,
Do coração virgíneo as pulsações precipites,
Unida ao casto seio!"

Doudeja a criança pálida
Na relva perfumosa,
E a meiga violeta ao pé mimoso e célere
Esmaga caprichosa.

Curvando a fronte exânime
Soluça a flor singela:
"Ah! Como sou feliz! Perfumo a planta ebúrnea
Da minha virgem bela!..."

Primeira página da modinha composta por João Gomes de Araújo, a partir do poema "O africano e o poeta", de Narcisa Amália.

O AFRICANO E O POETA[29]

AO DR. CELSO DE MAGALHÃES

Les esclaves, est-ce qu'ils ont des dieux?
Est-ce qu'ils ont des fils, eux qui n'ont point d'aieux?
Lamartine[30]

No canto tristonho
Do pobre cativo
Que elevo furtivo,
Da lua ao clarão;
Na lágrima ardente
Que escalda-me o rosto,
De imenso desgosto
Silente expressão;
Quem pensa? – O poeta
Que os carmes sentidos
Concerta aos gemidos
De seu coração.

– Deixei bem criança
Meu pátrio valado,
Meu ninho embalado
Da Líbia no ardor;

29 Esse poema foi musicado por João Gomes de Araújo (1846-1943), professor, regente e compositor brasileiro. A partitura da modinha está disponível na Hemeroteca Digital da Biblioteca Nacional do Rio de Janeiro.

30 "Os escravos... Será que têm deuses? / Será que têm filhos, eles que não têm antepassados?"
, em La chute d'un ange (1861), de Alphonse de Lamartine (1790-1869). [NE]

Mas esta saudade
Que em túmido anseio
Lacera-me seio
Sulcado de dor,
        Que sente? – O poeta
        Que o elisio descerra;
        Que vive na terra
        De místico amor!

– Roubaram-me feros
A férvidos braços;
Em rígidos laços
Sulquei vasto mar;
Mas este queixume
Do triste mendigo,
Sem pai, sem abrigo,
Quem quer escutar?...
        – Quem quer? O poeta
        Que os térreos mistérios
        Aos paços sidéreos
        Deseja elevar.

– Mais tarde entre as brenhas
Reguei mil searas
Co'as bagas amaras
Do pranto revel;
Das matas caíram
Cem troncos, mil galhos;
Mas esses trabalhos
Do braço novel,

Quem vê? – O poeta
Que expira em arpejos
Aos lúgubres beijos
Da fome cruel!

– Depois, o castigo
Cruento, maldito,
Caiu no proscrito
Que o simun crestou;
Coberto de chagas,
Sem lar, sem amigos,
Só tendo inimigos...
Quem há como eu sou?!...
– Quem há?... O poeta
Que a chama divina
Que o orbe ilumina
Na fronte encerrou!...

– Meu Deus! ao precito
Sem crenças na vida,
Sem pátria querida,
Só resta bombar!
Mas... quem uma prece
Na campa do escravo
Que outrora foi bravo
Triste há de rezar?!...
– Quem há-de?... O poeta
Que a lousa obscura,
Com lágrima pura
Vai sempre orvalhar!?

SADNESS

Still visit thus my nights, for you reserved,
And mount my soaring soul to thoughts like yours.
James Thomson[31]

Meu anjo inspirador não tem nas faces
As tintas coralíneas da manhã;
Nem tem nos lábios as canções vivaces
Da cabloca pagã!

Não lhe pesa na fronte deslumbrante
Coroa de esplendor e maravilhas,
Nem rouba ao nevoeiro flutuante
As nítidas mantilhas.

Meu anjo inspirador é frio e triste
Como o sol que enrubesce o céu polar!
Trai-lhe o semblante pálido – do antiste
O acerbo meditar!

Traz na cabeça estema de saudades,
Tem no lânguido olhar a morbideza;
Veste a clâmide eril das tempestades,
E chama-se – Tristeza!...

31 "Ainda visitas portanto minhas noites, para ti reservadas, / E galgas minha alma elevada até pensamentos como os seus." em "The Seasons: Winter" (1726), de James Thomson (c. 1700-1748). [NE]

O BAILE

Esta fingida alegria,
Esta ventura que mente,
Que serás dela ao romper do dia?...
Gonçalves Dias

A noite desce lenta e cheia de magia;
A multidão febril do templo da alegria,
Invade as vastas salas.
O mármore, o cristal, a sede e os esplendores,
Do manacá despertam os mágicos olores,
À languidez das falas.

Ao rutilar das luzes as dálias desfalecem...
Roçando o pó as veste das virgens s'enegrecem,
Enturva-se a brancura...
O ar vacila tépido... a música divina
Semelha o suspirar de uma harpa peregrina...
É a hora da loucura!

Pala janela aberta por onde o baile entorna
No éter transparente a vaga tíbia e morna,
Do hálito ruidoso,
Da vida as amarguras espreitam convulsivas
O leve esvoaçar das frases fugitivas...
O estremecer do gozo!...

E tudo se inebria: o lampejar de um riso
Acende n'alma a luz gentil do paraíso,
        Arranca a jura ardente!
E mariposa incauta, em súbita vertigem,
Arroja-se a mulher crestando o seio virgem
        Na pira incandescente!

Aqui, na nitidez de um colo, a coma escura
S'espraia em mil anéis, enlaça a fronte pura
        Auréola de rosas;
Da valsa ao giro insano, volita pelo espaço
Do cinto estreito, aéreo, o delicado laço,
        As gases vaporosas.

Ali, na meiga sombra indiferente a tudo,
Imerso em doce cisma um colo de veludo
Ondula deslumbrante:
Que fogo oculto, ignoto, em suas fibras vaza
Vívido ardor que faz tremer-lhe a nivea asa
De garça agonizante?!...

Além, meus olhos tímidos contemplam com tristeza
As penas da mulher, dessa – ave de beleza –
      Calcadas sem piedade!...
Esparsas pelo solo as laceradas rendas...
As flores já sem viço... abandonadas lendas
        Da louca mocidade!

A festa chega ao termo; a harmonia expira;
A luz na convulsão final langue se estima
Pelo salão deserto;
Há pouco – o doudejar da multidão festante,
Agora – o empalidecer da chama vacilante,
Ao rosicler incerto!

Depois – a razão fria contando instantes ledos
De castos devaneios, de juramentos tredos
Ouvidos sem receio...
Num corpo languescido o espírito agitado...
E a febre da vigília ao doloroso estado
Ligando vago anseio...

A vida é isto: hoje cruel grilhão de ferro;
Talvez d'ouro amanhã, mas sempre a dor, o erro,
Aniquilando o gênio!
Passado – áureo friso num mar de indiferença;
Presente – eterna farsa universal, suspensa
Do mundo no proscênio!

FANTASIA

A BRANDINA MAIA

A emanation it is of rainbow
– All beauty and peace...
Byron[32]

É bela a cecém do vale
Quando desponta mimosa,
Sobre o caule, melindrosa,
Ao rutilar do arrebol;
Quando a gota etérea e pura
Que chora o céu sobre a terra,
O lindo seio descerra
Aos frouxos raios do sol.

É bela a meiga criança
Sentindo à luz da existência,
Co'a alma – toda inocência,
E a face – toda rubor!
Os róseos lábios ungidos
Por mim acentos – suaves
Como o gorjeio das aves,
Como o suspiro de amor!...

32 "É uma emanação do arco-íris: – Apenas beleza e paz..." de Lord Byron (1788-1824). [NE]

Des'brocha o lírio, mais alvo
Que o tênue floco de neve;
A viração fresca e leve
Lhe oscula as pétalas – feliz;
Ternos carmes lhe murmura
A namorada corrente,
Que se deriva indolente
Por sobre o flóreo tapiz.

Assim a virgem formosa
Torna-se mais sedutora,
Quando a poesia enflora
Sua beldade ideal!
Quando no brilho fulgente
Dos olhos vívidos, belos,
Su'alma ardente de anelos
Mostra candor divinal!

Então, se a fita a miséria
Sente no seio a esperança;
A um seu sorriso a criança
Ligeira tenta sorrir;
Aos lábios – casto delírio
Implora a audaz borboleta;
O mesmo altivo poeta
Pede-lhe um raio de amor!...

E tudo, tudo que a cerca
De medrosos juramentos,
Vê, nos vagos pensamentos,
A candidez que seduz!
E tudo, tudo o que sofre
Vê que, à imagem de Maria,
A virgem – flor de poesia –
Deus fez repleta de luz!

Que o Senhor a ti, ó virgem,
– Símbolo de amor e candura –
Poupe a taça da amargura
Que a meu lábio não poupou!
Que se desdobre nitente
A fita de tua vida,
De tantos sonhos tecida
Quantos o céu me negou!

JULIA E AUGUSTA

Quanto há no mundo de ilusões fagueiras,
De perfume e de amor, guardam no peito;
Quanto há de luz no céu mostram nos olhos,
Quanto há de belo na alma.
Gonçalves Dias

São duas rosas se expandindo rúbidas
No brando caule com suave encanto;
São duas nuvens deslizando túmidas
Do campo aéreo no azulado manto.

São duas ondas marulhosas, flácidas,
Que o tíbio sopro do favônio frisa;
São duas conchas deslumbrantes, nítidas,
Do mar na praia refulgente e lisa.

São duas auras, perfumosas, tépidas,
Beijando as pétalas de uma flor pendida;
São duas rolas resvalando tímidas
No dorso curvo do escarcéu da vida.

Duas auroras ressurgindo límpidas
Por entre as trevas que a tormenta encerra;
Graças libradas sobre O espaço, fúlgidas,
A cuja sombra se conchega a terra!

Uma – os rútilos das pupilas vividas
Vela nos prantos de gazil ternura;

Na cor mimosa da Moema indígena
Concentra o ardor da tropical natura!

Outra, revela nos olhares lânguidos
Toda a pureza da celeste estância;
À tez formada de açucenas úmidas
Rouba o outono a festival fragrância!

Ambas – cingidas de virgínea auréola
Firmes caminham na escabrosa trilha!
Feliz daquele que sorvesse em ósculos
O afeto imenso que em seus olhos brilha.

NOTURNO

Oh! quelle joie dans la fraîcheur de cette belle
nuit d'été! Comme on sent dans de calme ici,
tout ce qui rend l'âme heureuse!
Goethe[33]

Languesce a calma ardente:
Nos ares, levemente,
Desdobra-se tremente
Da noite a coma escura;
Do zéfiro o adejo
Envolve em longo beijo
O símbolo do pejo,
– A rosa da espessura.

A limita marulhosa
Dolente, langorosa,
Estende-se chorosa
Num leito de luar;
Além, um canto soa,
Por sobre a espuma voa
Ligeira, uma canoa
Cortando o azul do mar.

33 "Oh! Que alegria o frescor desta linda noite! Como se percebe nesta calma tudo o que torna feliz a alma!", em "La Belle Nuit", de Johann Wolfgang von Goethe (1749-1832). [NE]

Do espaço eis a princesa:
Na gélida beleza
Que doce morbideza,
Que angústia calma e funda!
E cada flor nevada
Que dobra-se crestada
Na haste recurvada,
Co'a branca luz inunda!

Planetas fulgurantes
Se velam, por instantes,
Nas rendas flutuantes
Das nuvens de algodão;
Sacode a noite o manto,
Na terra chove pranto...
Que vaporoso encanto
Embala a criação!...

O elísio tem fulgores,
A terra orvalho, flores,
E místicos amores
Que velam descuidados;
Mas, ah! quanto lamento
Não sobe tardo, lento,
Na voz do sofrimento,
No – ai – dos desgraçados?!...
Ao mísero inditoso
Envia, ó Deus piedoso,
Um raio esperançoso

Que abrande a intensa dor!
Na vaga que delira,
No euro que suspira,
Na casta e santa pira
Lh'infunde teu amor!...

A ROSA

Que ímpia mão te ceifou no ardor da sesta
Rosa de amor, rosa purpúrea e bela?
Almeida Garrett

Um dia em que perdida nas trevas da existência
Sem risos festivais, sem crenças de futuro,
Tentava do passado entrar no templo escuro,
Fitando a torva aurora de minha adolescência.

Volvi meu passo incerto à solidão do campo,
Lá onde não penetra o estrepitar do mundo;
Lá onde doura a luz o báratro profundo,
E a pálida lanterna acende o pirilampo.

E vi airosa erguer-se, por sobre a mole alfombra,
De uma roseira agreste a mais brilhante filha!
De púrpura e perfumes – a ignota maravilha,

Sentindo-se formosa, fugia à meiga sombra!

Ai, louca! Procurando o sol que abrasa tudo
Gazil se desatava à beira do caminho;
E o sol, ébrio de amor, no férvido carinho
Crestava-lhe o matiz do colo de veludo!

A flor dizia exausta à viração perdida:
"Ah! minha doce amiga abranda o ardor do raio!
Não vês? Jovem e bela eu sinto que desmaio
E em breve rolarei no solo já sem vida!

"Ao casto peito uni a abelha em mil delírios
Sedenta de esplendor, vaidosa de meu brilho;
E agora embalde invejo o viço do junquilho,
E agora embalde imploro a candidez dos lírios!

"Só me resta morrer! Ditosa a borboleta
Que agita as áureas asas e paira sobre a fonte;
Na onda perfumosa embebe a linda fronte
E goza almo frescor na balsa predileta!"

E a viração passou. E a flor abandonada
Ao sol tentou velar a face amortecida;
Mas do cálix gentil a pétala ressequida
Sobre a espiral de olores rolou no pó da estrada!

Assim da juventude se rasga o flóreo véu
E do talento a estátua no pedestal vacila;
Assim da mente esvai-se a ideia que cintila
E apenas resta ao crente – extremo asilo – o céu!

AVE-MARIA

SOBRE UMA PÁGINA DE LAMARTINE

Ma l'aere imbruna, e il bronzo della sera
C'invita alla preguiera[34]
Il Guarany

O rei do dia vacilante, incerto,
Abandona seu carro de vitória,
E reclinando em rúbida alcatifa
Adormece no tálamo da glória!

A cortina de nuvens cambiantes
Guarda o róseo vestígio de seus passos;
À imensidão em luz a terra em sombra,
Prendem milhares de purpúreos laços!

Como esplêndida lâmpada de ouro
Do crepúsculo suspensa à fronte nua,
Ondula lá na fímbria do horizonte
De palor ideal cingida – a lua!
A catadupa flácida dos raios,
Repousa sonolenta sobre a relva,
E o negro véu que cai sobre a campina
Mais densa torna a negridão da selva!

34 "Mas o ar escurecer, e o bronze do entardecer / Nos convida à oração". Cena IV de O Guarani, de Carlos Gomes. [NE]

A natureza envolve-se n'esta hora
Em faixas siderais de poesia,
Vendo sumir-se o resplendor divino,
Vendo cair da noite a lousa fria!
E murmurando a colossal estrofe
De um poema de célica linguagem,
Ao Criador que o sol formou da treva
Oferece a magnífica homenagem!

Eis o imenso holocausto do universo
Da terra a vastidão tendo por – ara!
Por dossel – a safira do infinito!
Por círio – os mundos que o Senhor aclara!...
Os flocos purpurinos que vagueiam
Na planície do ar, do poente à aurora,
São colunas do incenso que embalsamam
Os pés de Deus que a natureza adora!...

Porém é mudo o gigantesco templo!
No céu é mudo o manto peregrino!
D'onde rebenta o celestial concerto?
D'onde se eleva o sacrossanto hino?
No harmônico remanso só escuto
Pulsar meu coração, ora ofegante...
A voz augusta é nossa inteligência
Que no éter flutua irradiante!...

Nos rubores da tarde que agoniza,
Sobre as asas balsâmicas do vento,
Nosso ser, sobranceiro à térrea urna,
– Sutil essência – sobe do firmamento!
E prestando uma fala a cada ente,
Trépido eflúvio a cada flor rasteira,

– Ave de amor – para a serena súplica
Como com seus trinos desperta a terra inteira!

Os páramos silentes do deserto
Parecem escutar a voz do Eterno!
As multidões contritas buscam ávidas
Um só fulgor de seu olhar paterno!
E Aquele que ouve os salmos das esferas,
Que contempla perene a luz do dia,
Neste instante solene, ao som dos sinos,
Faz subir uma prece – Ave-Maria! –

OS DOIS TROFÉUS[35]

VICTOR HUGO

Tem visto, ó povo, esta época
Teus trabalhos sobre-humanos,
Viu-te altivo ante os tiranos
Calcar a Europa assombrada;
Criando tronos hercúleos,
Despedaçando áureos cetros,
Das coroas – vis espectros –
Mostraste o potente nada!

Em cada passo titânico
Semeavas mil ideias;
Marchavas: iam-se as peias
Que o torvo orbe prendiam;
Tuas falanges incólumes
Eram vagas do progresso:
Transbordadas de arremesso
De cimo a cimo s'erguiam!
Vias a deusa da glória
Cingir-te a fronte de louros;
Derramavam-se tesouros
De luz, por onde passavas!

35 A tradução desse poema de Victor Hugo ("Les deux trophées", 1871) foi feita por Narcisa com extrema liberdade poética – na mudança de palavras, da métrica e do ritmo do poema original. Tais interferências de tradução eram comuns na época. O poema aqui publicado revela um exercício criativo que poderíamos chamar de coautoral dela com Victor Hugo. [NE]

E a Revolução flamívoma
Arremessava à Alemanha
Danton; a quem, sobre a Espanha,
Com Voltaire trunfavas!

Como ante os filhos da Helíade,
Curvou-se o mundo aos Franceses;
Soberbo em frente aos revezes,
O crime caiu-te às plantas!
As trevas da Idade Média,
A pira do Santo Ofício,
O inferno, o erro, e o vício,
Com um lampejo quebrantas!

De teus esplendores límpidos
Estava a terra juncada;
Fugia à noite assustada
Ao reboar de teus passos!
Enquanto a senda estelífera
Trilhavas, ébrio de crenças,
Da história as folhas imensas
Prendiam-te entre seus laços!...

Cem vezes palrando impávido
Nos campes que o sol descerra,
Curvaste a face da terra
A um teu aceno arrogante;
De Tejo, do Elba a vitória
Ao Nilo, ao Ad'je corria,
E o povo titã jungia
O mesmo chefe gigante.

E os dois monumentos típicos
Daí surgiram um dia:
A coluna – ingente e fria,
O arco – poema ousado!
Ambos, ó povo, são símbolos
De teu poder infinito:
Um talhado de granito,
Outro de bronze amassado!...

São dois fantasmas terríficos
Dos passados esplendores;
D'outra idade vingadores
Se os vê, a Europa estremece!
Por eles velando túmido
Nosso amor, sempre sombrio,
Nas almas acende o brio
Quando o vigor lhe falece!

Se nos ultrajam estólidos
Ei-los aí, testemunhos,
Do valor de nossos punhos,
Nos acenando à vingança;
No metal, no altivo mármore,
Tentamos dos veteranos

Ver os sábios, livres planos,
À nobre perseverança.

Na hora da queda hórrida
Mais vivo orgulho cintila;
Aumenta a palma que oscila
O refulgir dos troféus;
As almas no fogo vivido
Acendem a sacra chama,
E o povo em luta rebrama
No estrugir dos escarcéus!

Outr'ora a falange célere
Passava em pleno lampejo;
Como um cavo, longo arpejo
Rolava o trovão nos montes!
Desses peitos magnânimos
Que resta? O trabalho ingente
Que à mocidade indolente
Mostra os negros horizontes!

As raças do hoje, mais pálidas
Que os finados de outras eras,
Dessas virtudes austeras
Nem mesmo a imagem possuem!...
E se eles tremem nos túmulos,
É teu alvião que soa,
Tua bomba que reboa
Contra os portentos que aluem!...

**

Horríveis dias são próximos,
Que sinais aterradores!
Clamam – basta! – os pensadores
Como Lear à procela!
Não pode morrer um século
Sem que um outro além desponte;
Do porvir – num germe insonte –
Quem ousa manchar a tela?

Oh, vertigem! Paris fúlgida
Nem sabe quem mais a esmaga!
Se um poder que tudo estraga,
Se outro que tudo fulmina!...
Assim lá no Saara tórrido
Lutam contrárias tormentas,
Vibrando às ondas poentas
Do raio a chama divina!

Erram, ó povo, esses báratros!
O firmamento que freme,
O rijo solo que treme,
Conjuntamente censuro!
Esses poderes coléricos
Cuja sanha cresce ignara,
Um tem lei que o ampara,
Outro o direito e o futuro!...

Tem Versalhes – a paróquia,
Paris ostenta – a comuna;

Mas, além dessa coluna
Desata a França seu manto!
Quando devem verter lágrimas
É justo que se devorem,
Sem que a desdita deplorem,
Sem que vertam negro pranto?!...

Fratricidas! Gemem férvidos
Canhões, morteiros, metralha;
Além o vândalo espalha
Do inferno às fúrias revéis!
Aqui, campeia Carybde,
Lá, Sila avulta arrojado!
De teu fulgor ofuscado,
Ô povo, vão-se os lauréis!...

Ai! nestes tempos infaustos
Em que inglórios vivemos,
Dois fortes domínios vemos
Estranhamente rivais!
Um toma o arco marmóreo,
Outro a pilastra imponente;
E o malho, e o obus fremente
Tornam-se forças fatais!

Mas, vede: é a França exânime
Que esses colossos sustentam!
Nosso valor representam
Embora aí Bonaparte!
Sim, Franceses, se frenéticos
Derribamos essa herança,
Que restará da provança?
Onde as honras do estandarte?!...
Se o senhor condena indômito,
Mais forte o povo aparece;
Nobre a Esparta resplandece
Através do despotismo!
Abatei de um golpe a árvore,
Mas respeitai a floresta:
Quando chora a pátria mesta
Mais belo fulge o heroísmo!

E tantas almas intrépidas
Nas espirais balouçadas,
Enchem naus almirantadas,

Fossos, pauis, e campinas;
Franqueiam muralhas sólidas,
Longas pontes, torres altas,
Saudando o porvir que assaltas
Com mil armas peregrinas.

Em vez de César grandíloquo
Colocai, justiça, Roma;
Ver-se-á que vulto assoma
Nesse cimo sobranceiro!
Condensai nesta pirâmide
A turba infrene, compacta;
Que o direito a estátua abata
Do assombro do mundo inteiro!

E que este gigante estrênuo
O – Povo – aclarando a estrada,
Tenha na mão uma espada,
De auroras cingido busto;
Respeito ao soldado o árbitro!...
A seus pés o ódio expira!
Do vingador da mentira
Nada iguala o talhe augusto!

Surge – Oitenta e Nove – atlético
Ganhando vinte batalhas!
Marselhesa, és tu que espalhas
Medo e assombro à velha idade!...
Se o granito aqui ostenta-se,

O bronze avulta em rugidos,
E dos troféus reunidos
Salta um grito: – liberdade!...

**

Quê! com nossas mãos alígeras
Da pátria o seio rasgamos,
E q duplo altar laceramos
Pelos Teutões invejado!?
Pois quê! nos padrões egrégios
A multidão delirante
Ceva a clava flamejante,
Agita o facho abrasado!?

É aos nossos golpes válidos
Que a franca glória vacila
Seus louros virgens mutila
Nossa massa ensanguentada!
E sempre a esfinge da Prússia!
Que horror! A quem foi vendida,
Ai! pobre pátria perdida,
Tua invencível espada?...
Sim! foi por ela que inânime
De Ham o nome caíra;
Ante a Reischofhen expira
De Wagram o grito ovante!
Riscado Marengo ínclito
Waterloo apenas resta...
E sob a folha funesta
Rasga-se a lenda brilhante!...

Uma bandeira teutônica
Enluta nosso horizonte;
Sedan enegrece a fronte
Que a Austerlitz deu renome!
Vergonha! A rajada frêmita
De Mac-Mahon que vibra;
Forbach a lena equilibra,
E o fogo as glórias consome!

Onde os Bicétres, ó Gália?
Os Charentons denodados?
Dormem os grandes soldados
Em teu leito de Procustos,
De Coburgo, de Brunópolis,
Onde estão os vencedores
Com seus sabres vingadores,
Correndo areais adustos?!...

Rasgar da história uma página
Não é um crime inaudito?
Não será negro delito
Manchar vultos que tombaram?
Sufocar a voz dos mártires
Que nunca clamaram – basta –
E sempre de fronte casta
Papas e reis cativaram?

**

Ai! Após tantas misérias
Mais este golpe cruento!
Este delírio sedento
Que na paz mesmo abre chagas!
E tantos combates trágicos!...
Com Estrasburgo queimada,
Com Paris atraiçoada,
Que valem hoje estas plagas?!...

Se da Prússia o orgulho frívolo
Vendo o seu negro estandarte
Vencedor por toda a parte,
Com Paris às suas plantas,
Nos clamasse: "Quero rápida
A vossa glória obumbrada:
Abaixo a pilastra ousada
Com que aos orbes espantas!

Abaixo este arco insigne
– Emblema do império falso! –
Quero aqui – um cadafalso,
Ali – obuses em linha;
Contra um – fogo mortífero,
Canhão, bombarda, escopeta;
Contra outro – a picareta!
Cumpri: a ordem é minha"

Que vulto erguera-se esquálido
Bradando às turbas "soframos"?!
Oh! nunca, à morte corramos!
Lutemos, que o insulto é novo!
Qu'importa mais cruas mágoas?
Qu'importa um revés de mais?
Curvar-nos? Jamais! Jamais!
– E vós o fizeste, ó povo!...

Pósfácio
Naidson Pires

POSFÁCIO

NARCISA AMÁLIA: RUPTURA E ESQUECIMENTO

> *A mulher no século dezenove acha-se, portanto, emancipada, isto é, entra na posse de si mesma, conquista o direito divino de sua alma, em uma palavra, transfigura-se. O que lhe falta ainda para ser feliz? – À que está emancipada, pouco; mas à que está por emancipar-se, tudo. E neste caso esta é mulher brasileira. Entre nós a instrução, mesmo a mais elementar, tem até aqui constituído o monopólio do homem. Ora, à medida que o homem sobe, a mulher desce, naturalmente, e essa diferença cria entre ambos uma profunda separação intelectual e moral que arrasta consigo todas as desordens do lar.*
>
> Narcisa Amália

É notório, ao ler essa abordagem de Narcisa Amália sobre a mulher de seu tempo, que esse período do século XIX é marcado pela exclusão feminina diante do poder exercido pelos homens. Ainda que ela aponte, em sua fala, uma diferença entre a mulher emancipada e a que estava para emancipar-se, tanto uma como outra sofriam de algum tipo de opressão em seu enclausuramento, sendo apenas como uma objetividade que fixava na mente masculina.

Narcisa Amália de Campos nasceu no município fluminense de São João da Barra, em 3 de abril de 1852, e faleceu na cidade do Rio de Janeiro em 24 de julho de 1924, aos setenta e dois anos.

Esse período entresséculos, dentro da história do Brasil, sabidamente foi marcado pelo exercício da plenitude da figura do homem em todas as atividades humanas, intercalando, do privado ao público, uma concepção de mundo governado plenamente pela identidade masculina.

Não é difícil imaginar que, para as mulheres nascidas no interior, ainda era muito mais presente a constatação dessa ordem no exercício do poder. Diante disso, a biografia de Narcisa revela sua luta incansável para buscar a emancipação no meio em que nasceu e cresceu.

Republicana e abolicionista, a primeira jornalista profissional do Brasil certamente não teve uma infância cordial, porém teve o privilégio de estudar, o que não era pouco, já que a maioria das mulheres não tinha esse acesso.

Jovem, publicou a antologia *Nebulosas*, sua única obra lírica, com quarenta e quatro poemas, tendo apenas vinte anos de idade, demonstrando imensuravelmente sua capacidade artística com as letras e, sobretudo, a afirmação naquele mundo masculino.

Pessanha Póvoa, nome figurado da época, como jornalista, escritor e poeta, além advogado e político, escreveu o prefácio da obra de Narcisa e, entusiasmado com seu conteúdo, declarou:

> *Narcisa Amália será a impulsora e o ornamento de uma época literária mais auspiciosa que a presente. Há de redigir os aforismos poéticos, como Aristóteles escreveu os da natureza. [...] Narcisa Amália não é um tipo, é uma heroína. [...] Este livro há de produzir tristezas e alegrias. <u>É a primeira brasileira dos nossos dias; a mais ilustrada que nós conhecemos; é a primeira poetisa desta nação.</u> Delfina da Cunha, Floresta Brasileira, Ermelinda da Cunha Matos, Maria de Carvalho, Beatriz Brandão, Maria Silvana, Violante, são bonitos talentos. Narcisa Amália é um talento feio, horrível, cruel, porque mata àqueles. Foram as suas antecessoras auroras efêmeras; ela é um astro com órbita determinada.*

Vendo em Narcisa Amália uma esperança para a literatura contemporânea brasileira, Póvoa, que lamentava o estado da poesia de sua época, avalizou a literatura de uma mulher, como se estivesse "autorizando" seu ingresso no mundo masculino das letras.

Ao justificar a publicação e dando a ela a autoridade necessária, Póvoa endossou no meio em que militava:

> *Eu peço que julguem o livro de N. Amália, livro que ilumina a grande noite da poesia brasileira. Quando houver um Conselho de Estado ou um Senado Literário, Narcisa Amália terá as honras de Princesa das Letras. [...] Teófilo Braga, Luciano Cordeiro, Cesar Machado, Adolfo Coelho, Bulhão Pato, Gomes Leal, E. Coelho, Silva Túlio, A. de Castilho, Silva Pinto e Teixeira Vasconcelos, meus amigos, hão de deferir o seguinte requerimento: "Peço um lugar de honra no auditório das vossas glórias literárias para a autora das Nebulosas".*

Nota-se, nesse pedido, o predomínio dos homens na literatura da época e, dessa maneira, podemos imaginar o tamanho da façanha que alcançou a obra escrita pela jovem poeta.

O jornal carioca *A Reforma* anuncia, em 13 de fevereiro de 1873, a festa em homenagem à revelação, exatamente como previu Póvoa, que receberia a lira de ouro:

> *Vamos ter uma festa brilhante e digna da pessoa a quem ela é consagrada como homenagem. A comissão incumbida de entregar a lira de ouro à poeta das Nebulosas pretende dar baile, festa esplêndida e magnífica da qual será rainha a Corina, a Safo brasileira. Preparam-se discursos, versos, troféus e tudo quanto sirva de testemunho e de legítima oblata à distinta resendense, cultora das letras, tão justamente laureada. Muitas pessoas dessa cidade serão convidadas, e o sarau modestamente denominado festim literário será*

uma bonita manifestação de apreço e de admiração pelos peregrinos dotes da gentilíssima Narcisa Amália.

É bom destacar, nessa fala de Póvoa, o aspecto social a que a festa estava destinada, ou seja, tudo era colocado no meio da elite intelectual da sociedade dominante, pois não estava ali o povo, muito menos as personagens da obra de Narcisa, principalmente os escravos, os quais tão reveladores mostrava sua obra.

Ubiratan Machado, escritor e especialista em Machado de Assis, registra com maior riqueza de detalhes a homenagem recebida por Narcisa Amália e, sobretudo, a ausência à qual me refiro no parágrafo anterior:

Entusiasmados, os conterrâneos ofereceram à poetisa uma festa sem similar na história do romantismo brasileiro. A preparação foi minuciosa, criaram-se comissões incumbidas de organizar a subscrição popular, destinada a recolher uma importância suficiente para homenagear Narcisa com uma lembrança inesquecível. No dia 2 de março de 1873, no salão de honra da Câmara Municipal de Resende, feericamente iluminado e cheio de flores, reuniam-se mais de trezentos convidados, entre damas e cavalheiros. Às nove horas, uma salva de 21 tiros anuncia a chegada de Narcisa Amália. Conduzida ao salão nobre, recebe aplausos quase tão barulhentos quanto os tiros de canhão. Duas meninas lhe oferecem uma lira de ouro, uma coroa de louros e uma pena de ouro.

A socióloga Maria de Lourdes Eleutério, trazida por Anna Faedrich, revela que Narcisa não veio de uma família abastada. De fato, isso se verifica quando nos deparamos com sua biografia. O fato de ser interiorana, longe do meio intelectual carioca, certamente trouxe dificuldades que foram superadas pela força de sua obra.

Ainda assim, vemos também que outras autoras, como a carioca Albertina Bertha, que criticou a hegemonia masculina na literatura daquela época, conseguiram também se destacar e lançar desafios àquela supremacia e citam a façanha de Narcisa: "um polo de força e vontade e de inspiração e realização para inúmeras vocações, e isto mesmo em condições desfavoráveis".

Narcisa Amália, com todas essas características, reveladas ao longo do prefácio e agora com o posfácio, teve reconhecimento por ter sido uma exímia estudiosa e, com muita inteligência, soube se colocar naquele meio, mesmo sendo uma mulher bonita e cortejada por muitos homens intelectuais, como os poetas Fagundes Varela, Ezequiel Freire e Otaviano Hudson. O pensamento que vigorava naquele ambiente era de que beleza e inteligência não poderiam ser atributos de uma mesma mulher.

Nesse meio, falava-se que Narcisa era uma mulher bonita, inteligente, jornalista e poeta estimada e admirada nos meios literários. Por isso, despertou também grandes paixões e, quando as rejeitava, provocava a ira de muitos afoitos.

Enfim, a sociedade da época mantinha todo tipo de preconceito contra a mulher e não estava preparada para aceitar um talento feminino, muito menos com seus posicionamentos, uma vez que isso assustava e ao mesmo tempo provocava desconforto ao mundo dos homens.

Os pais de Narcisa, Joaquim Jácome de Oliveira Campos Filho e Narcisa Ignácia Pereira de Mendonça, eram professores, e a escritora foi a primogênita de oito filhos: Rita Virgínia de Campos, Francisco Jácome de Campos, Henrique Jácome de Campos, Maria Amélia de Campos, Frederico Jácome de Campos, João Batista Jácome de Campos e Joaquim Jácome de Campos.

Consta-se que Narcisa cresceu em um ambiente cultural, mesmo não pertencendo à elite, a qual tinha amplo convívio com as artes. Para isso, ela teve em seu pai um grande espelho, pois este foi educador, jornalista e poeta, de vasta cultura, tendo colaborado em diversos jornais da imprensa fluminense e paulista, e foi cofundador e redator de *O Paraybano* (1859-1870), primeiro jornal editado em São João da Barra.

Em Resende, com outros jornalistas, fundaram o jornal *Resendense*, como traz a professora Anna Faedrich, de sua pesquisa sobre Fonseca, que lhe trouxe o citado:

> *[...] a família conquistou o respeito de toda a sociedade e, em todas as atividades sociais, a presença do casal era imprescindível. Foram tantas as atividades do professor Jácome que o imperador Dom Pedro II, em visita a Resende, em 16 de outubro de 1874, homenageou-lhe com a comenda da Ordem de Cristo, distinção imperial conferida aos mestres dedicados.*

Nota-se que Dom Pedro II, em sua visita a Resende, tomou conhecimento sobre a família de Narcisa, evidenciando um caminho aberto para sua ascensão no mundo das letras, porque também já tinha sido elogiada e reconhecida por Machado de Assis.

Narcisa teve sua alfabetização com os pais professores, ainda criança. Estudou no colégio de dona Maria da Costa Brito Azevedo, saindo da educação paterna para uma educação mais exigente, e aos oito anos foi estudar música.

Segundo registro de Luiz Francisco de Veiga, saiu do colégio aos dez anos, com resultados positivos em todos os exames, demonstrando desde menina vocação para as artes, de modo diferente e com privilégios distintos em relação às meninas da época.

Prosseguiu seus estudos, aprendendo latim e francês, ainda em São João da Barra, e retórica com o pai. Em 1865, já na cidade de Resende, seus pais tiveram o apoio do presidente da Câmara Municipal, doutor João de Azevedo Carneiro Maia, para fundarem duas escolas: o Colégio Jácome, para meninos, e o Colégio Nossa Senhora da Conceição, para meninas.

Nessas instituições, Narcisa pôde ajudar sua mãe aos treze anos, como professora de conhecimentos de cultura geral, edificando, naturalmente, seu ambiente de estudos e gosto por línguas e pela escrita, com iniciação ao mundo das letras; e, assim, foi adquirindo conhecimentos para tornar-se culta o suficiente para se estabelecer campo literário.

Com influência do pai, teve Pessanha Póvoa como prefaciador da primeira edição de *Nebulosas*, que foi aluno e admirador de Jácome Campos. Ademais, seu pai abriu-lhe as portas para contato com jornalistas para divulgarem seus poemas nos jornais da região, fortalecendo dessa maneira sua carreira que viria mais tarde com o sucesso dessa obra.

Narcisa, traduziu contos e ensaios de autores franceses no início de sua carreira, como *História de minha vida*, de George Sand (pseudônimo masculino da autora Amandine Aurore Lucile Dupin,1804-1876), *Romance de uma mulher que amou*, de Arsène Houssaye (conhecido pelo pseudônimo Alfred Mousse, 1815-1896), e *Os climas antigos,* do palcobotânico Gaston de Saporta (1823-1895), obtendo sucesso como tradutora e abrindo as portas para a própria publicação.

Importante destacar nessas traduções são os pseudônimos, pois, naquela época, geralmente livros escritos por mulheres eram assinados por homens, mesmo com autoras francesas existia essa exigência para viabilizar a publicação. Podemos imaginar, com essa revelação, tão quanto foi a façanha de Narcisa Amália.

Seus poemas eram ecléticos, com linhagem lírica, de teor intimista, e comemorativos. Quase sempre eram dirigidos à natureza e a questões sociais, como a luta pela abolição da escravatura, e por seu valor estavam em igualdade com a poesia de autores como Gonçalves Dias, Castro Alves e outros de sua época. Traziam questões políticas e sociais, numa visão crítica, intensa e corajosa.

Narcisa Amália influenciou nomes na poesia brasileira, como os poetas Raimundo Correia, Damasceno Vieira e Fagundes Varela, inspirando também compositores como

Antônio Martiniano da Silva Benfica e João Gomes de Araújo, que compuseram músicas homônimas aos poemas "Recordações do Itatiaia" e "O africano e o poeta".

Na época em que a literatura pertencia ao homem, era ele o autor e o leitor. Com o surgimento elogioso da obra de Narcisa Amália, Machado de Assis trouxe à tona o debate sobre uma escrita para as mulheres e realizada por elas. Notadamente essa definição levantada por Machado efervesceu o mundo literário e provocou nos meios intelectuais a discussão que até então não se fazia.

Jean-Michel Massa (1930-2012), analisando o termo "leitoras", tirado da crônica de Machado de Assis referente a sua recomendação às leitoras para *Nebulosas*, qualifica essa afirmação como um equívoco, pois, com ela, muitos pesquisadores optariam a não consultar o original por entenderem que o que se tinha de fato era o trabalho dos homens e não das mulheres. Característica essa tão costumeira naquele mundo em que os homens comandavam o destino de nossa literatura.

Notadamente, ao trazer esses termos de "aos leitores" para "às leitoras", alterado por Massa, coloca-se um viés interpretativo diferente sobre a concepção de Machado de Assis a sua recomendação às leitoras e não aos leitores, como se fosse possível descrever o que era uma coisa ou outra, uma vez que eram os homens que escreviam e para eles reconhecerem as escritoras era muito raro, dado o próprio momento histórico político-social do Brasil.

Narcisa Amália em sua *Uma Carta*, de 1889, em que ela escreveu a Alfredo Sodré, lamentava a dificuldade para uma mulher ser artista, ainda mais sendo talentosa, naquele cenário masculino:

> *[...] como há de a mulher revelar-se artista se os preconceitos sociais exigem que o seu coração cedo perca a probidade, habituando-se ao balbucio de insignificantes frases convencionais? Vitimada pela opressão, galé do círculo murado em que inutilmente se debate, a mulher inteligente acompanha com mágoa a extinção gradativa de sua fecundidade cerebral, seguindo com olhos rasos de pranto a inspiração que ala-se para sempre, movendo em largo voo sereno as asas flamejantes, menos feliz que a pomba da tradição bíblica, sem ter encontrado um ramo de loureiro onde por instante repousasse...*

Nessa carta, percebe-se que Narcisa já tinha clareza das dificuldades da trajetória feminina em todos os seus sentidos sociais, muito mais ainda para uma intelectual que estava naquele meio filtrada pelos homens.

Ainda sobre esse embate desigual, Norma Telles analisa com precisão as dificuldades para as mulheres:

> *Excluídas de uma efetiva participação na sociedade, da possibilidade de ocuparem cargos públicos, de assegurarem dignamente sua própria sobrevivência e até mesmo impedidas do acesso à educação superior, as mulheres do século XIX ficavam trancadas, fechadas dentro de casas ou sobrados, mocambos e sen-*

zalas, construídos por pais, maridos, senhores. Além disso estavam enredadas e constritas pelos enredos da arte e ficção masculina. Tanto na vida quanto na arte, a mulher no século passado aprendia a ser tola, a se adequar a um retrato do qual não era a autora. As representações literárias não são neutras, são encarnações "textuais" da cultura que as gera. Excluídas do processo de criação cultural, as mulheres estavam sujeitas à autoridade/autoria masculina.

Essa análise reflete o quanto foi trabalhoso para Narcisa o enfrentamento para se impor e se destacar diante do poderio masculino, ao qual a maioria das mulheres se submetia e que as impedia de ter acesso ao conhecimento, tornando-as eternamente imobilizadas e sujeitas à autoridade e à autoria masculina.

Com sua obra e muita luta, diante de seu tempo histórico, podemos entender perfeitamente que Narcisa Amália foi, com certeza, um nome feminino de peso na criação de uma identidade nacional da exaltação da força da mulher brasileira em todos os campos e teve de lutar muito para construir a própria emancipação.

Muitos pesquisadores, a partir de então, trouxeram o nome de Narcisa Amália em seus estudos. Em razão disso, surgiram infinidades de antologias, ainda que com predomínio de autores do gênero masculino, com poemas de Narcisa.

Ainda assim, é curioso que seu nome não tenha sido reconhecido até o momento, exatamente pelo fato de não termos notícias dessa poeta e, muito menos, de sua obra. Ficou esquecida ao longo do tempo e muito difícil de ser encontrada pelo público. O que demonstra o quanto as pesquisas ainda precisam avançar para resgatar tantos talentos daquela época.

O ressurgimento de *Nebulosas*, ainda que seja para efeitos de atender às exigências de um vestibular como a Fuvest, e a iniciativa da USP em resgatar a literatura de autoras esquecidas ao longo da história trazem à luz escritoras que tão bem representaram as mulheres e a sociedade de suas épocas.

Dessa maneira, entendemos como fundamental essa produção de uma escritora tão importante para a literatura brasileira. Mais que isso, o acesso à obra lírica de Narcisa é de suma importância para o leitor interessado, visto que hoje existem muitas dificuldades para encontrá-la, com exceção de exemplares deteriorados em raras bibliotecas do país.

Dessa forma, com esta publicação, esperamos contribuir para o resgate dos estudos sobre as escritoras brasileiras esquecidas, mesmo sabendo o quanto ainda há por se fazer em sentido amplo para que esse reconhecimento se dê em um mundo que se encontra tão distante da história da literatura brasileira.

Cronologia

CRONOLOGIA

1852 – Nasce Narcisa Amália, em 3 de abril, em São João da Barra (RJ).

1863 – Aos onze anos, muda-se para Resende com a família, por conta de problemas de saúde do pai, no dia 14 de julho.

1865 – Os pais de Narcisa – Joaquim Jácome de Oliveira Campos e Narcisa Ignácia de Oliveira Campos – fundam dois educandários em Resende, o Colégio Jácome e o Colégio Nossa Senhora da Conceição.

1866 – Aos quatorze anos incompletos, Narcisa Amália casa-se com João Batista da Silveira, em 7 de janeiro.

1870 – Aos dezoito anos, Narcisa publica, no jornal O *Parahybano*, seu primeiro poema, "À lua", em 28 de janeiro. Fim do casamento com João Batista da Silveira.
Em agosto, Narcisa começa a publicar no *Astro Resendense*, em folhetim, capítulos de *Os climas antigos*, do francês Gaston de Saporta (1823-1895).

1872 – Publica o livro de poemas *Nebulosas*, pela Editara Garnier, em novembro. Recebe elogioso comentário do crítico literário Carlos Ferreira, no *Correio do Brasil*, em dezembro.

Machado de Assis escreve sobre *Nebulosas* em sua coluna na *Semana Illustrada*.

1873 – 0 poeta Teixeira de Melo dedica um poema "à ilustrada poetisa brasileira das *Nebulosas*", no *Monitor Campista*, no dia 13 de fevereiro.
Ezequiel Freire presta homenagem à amiga Narcisa Amália, dedicando-lhe o artigo "Homenagem", no dia 2 de fevereiro, e o poema "Gênio de Beleza", no dia 23 de março.
Narcisa recebe como troféu uma lira de ouro, dos sanjoanenses, e uma pena de ouro e uma coroa de louros, dos resendenses.

1874 – Narcisa escreve o prefácio do livro de poesias *Flores do campo*, do amigo Ezequiel Freire.
Em 16 de outubro, o Imperador D. Pedro II, em sua visita a Resende, agracia o pai de Narcisa, excelente educador, com a comenda da *Ordem de Cristo*, em homenagem ao magistério.
Foi convidada pelo poeta Teixeira de Melo a participar no primeiro número da revista *Lux*, onde publicou o conto baseado numa lenda asiática, "Nelúmbia".

1876 – Falece a irmã caçula, Maria Amélia em fevereiro, e o ex-marido João Batista, em 22 de maio, vítima de um acidente em São Paulo.

1878 – Falece o pai Jácome de Campos.

1879 – Publica o poema "Perfil de escrava", no jornal *O Fluminense*, em 9 de maio.

1880 – Em 20 de maio, Narcisa casa com Francisco Cleto da Rocha, conhecido como Rocha Padeiro, proprietário d'*A Padaria das Famílias*. Passa a residir na casa do marido, nos fundos da padaria, na rua da Misericórdia, em Resende.

1887 – Proibida pelo marido de participar das reuniões e de conviver com a intelectualidade da cidade, Narcisa rompe o casamento com Rocha Padeiro.

1889 – Ingressa no magistério, no Rio de Janeiro, onde morou em São Cristóvão.

1924 – Falece, aos 72 anos de idade, no Rio de Janeiro, em 24 de julho, muito doente, cega e paralítica. É enterrada no Cemitério São João Batista, em Rio Comprido. Em 31 de julho, *O Jornal e Correio da Manhã* publicam curto anúncio da missa de sétimo dia na Igreja de São Francisco de Paula.

Contribuição Histórica

CONTRIBUIÇÃO HISTÓRICA

Narcisa Amália de Campos (1873-1951) foi uma poeta brasileira cuja obra teve relevância tanto social quanto política em seu contexto histórico. Sua poesia abordava temas como amor, natureza e questões sociais e políticas da época, refletindo preocupações e ideais que ressoavam na sociedade brasileira do início do século XX.

Expressão das realidades sociais e políticas

A poesia de Narcisa muitas vezes abordava questões sociais e políticas do Brasil de sua época, como a desigualdade, a luta por direitos das mulheres, a abolição da escravidão, entre outros temas relevantes. Sua obra serviu como expressão artística dessas realidades e como voz para as camadas mais marginalizadas da sociedade.

Consciência crítica e engajamento

Por meio de seus poemas, Narcisa demonstrava consciência crítica em relação às injustiças e desigualdades presentes na sociedade brasileira. Seu engajamento político e social era evidente em muitos de seus versos, inspirando outros a refletirem sobre essas questões e, possivelmente, a agirem para promover mudanças.

Representação das mulheres na literatura

Como uma mulher poeta em uma época em que a literatura era predominantemente dominada por homens, Narcisa teve um papel importante na representação das mulheres na literatura brasileira. Sua poesia oferecia uma perspectiva feminina única sobre diversos aspectos da vida, contribuindo para uma maior diversidade e inclusão no cenário literário.

Inspiração para movimentos sociais

Por meio de sua poesia, Narcisa inspirou não apenas reflexões individuais, mas também movimentos sociais e ativistas que buscavam promover mudanças sociais e políticas no Brasil. Seus versos foram frequentemente citados em discursos e manifestações, servindo como fonte de inspiração e motivação para aqueles que lutavam por justiça e igualdade.

Legado cultural duradouro

O impacto da poesia de Narcisa transcende seu tempo, deixando um legado cultural duradouro que continua a influenciar gerações posteriores de escritores, ativistas e leitores. Sua obra é estudada e apreciada até os dias de hoje, demonstrando a importância contínua de sua contribuição para a literatura e para o debate social e político no Brasil.

Referências Bibliográficas

REFERÊNCIAS BIBLIOGRÁFICAS

AMÁLIA, *Narcisa. Nebulosas.* Rio de Janeiro: Garnier, 1872.

______. Prefácio, In: FREIRE, Ezequiel. *Flores do campo*. Rio de Janeiro: Typ. Hildebrandt, 1874.

ARAÚJO, Lucia Nascimento; HOLLANDA, Heloisa Buarque de. *Ensaístas brasileiras: mulheres que escreveram sobre literatura e artes de 1860 a 1991.* Rio de Janeiro: Rocco, 1993.

BOSI, Alfredo. *História concisa da literatura brasileira.* 43. ed. São Paulo: Cultrix, 2006.

CANDIDO, Antonio. *Formação da literatura brasileira, momentos decisivos 1750-1880*. 13. ed. Rio de Janeiro: Ouro sobre Azul, 2012.

CARVALHO, Ronald de. *Pequena história da literatura brasileira.* Rio de Janeiro: F. Briguiet & Cia, 1919.

COELHO, Nelly Novaes. *Dicionário crítico de escritoras brasileiras (1711-2001).* São Paulo: Escrituras, 2002.

DEL PRIORE, Mary (org.). *História das mulheres no Brasil.* 10. ed., 2. reimpr. São Paulo: Contexto, 2013.

ELEUTÉRIO, Maria de Lourdes. *Vidas de romance: as mulheres e o exercício de ler e escrever no entresséculos (1890-1930)*. Rio de Janeiro: Topbooks, 2005.

FONSECA, Yara Vidal. *Narcisa Amália, 150 anos de nascimento.* Trabalho apresentado na Academia Niteroiense de Letras em 10 abr. 2002. 2. ed. Rio de Janeiro: N&S Encadernadora, 2008.

FREIRE, Laudelino (org.). *Sonetos brasileiros: século XVII-XX.* Coletânea. Rio de Janeiro: E. Briguiet & Cia, 1913.

GALENO, Henriqueta. *Mulheres admiráveis.* Fortaleza: Ed. Henriqueta Galeno, 1965. p. 111-116.

LOBO, Luiza *Guia de escritoras da literatura brasileira:* Rio de Janeiro: EdUERJ, 2006. p. 207-212.

MACHADO DE ASSIS, Joaquim Maria. *"Nebulosas". Semaria Illustrada*, n. 629, 29 dez. 1872.

______. Notícia da atual literatura brasileira. Instinto de Nacionalidade". In: *Obra completa*, v. III. Rio de Janeiro: Nova Aguilar, 1992.

MACHADO, Ubiratan. *A vida literária no Brasil durante o Romantismo.* Rio de Janeiro: EdUERJ, 2001.

MARTINS, Wilson. *História da inteligência brasileira*, v. III (1855-1877). São Paulo: Cultrix/EdUSP, 1977.

MASSA, Jean-Michel. *Dispersos de Machado de Assis.* Rio de Janeiro: MEC / Inst. Nacional do Livro, 1965.

______. Outros textos encontrados de Machado de Assis. *Machado de Assis em linha*, Rio de Janeiro, v. 6, n. 12, p. 96-116, dez. 2013. Disponível em: <http://www.scielo.br/pdf/mael/v6n12/a08v6n12.pdf>. Acesso em: 3 jan. 2016.

FAEDRICH, ANNA. NEBULOSAS: Escritoras silenciadas. Macabéa Edições | Editora independente, 2022.

OSCAR, João (org.). *Narcisa Amália: vida e poesia.* Campos: Lar Cristão, 1994.

PAIXÃO, Sylvia Perlingeiro. *A fala-a-menos: poesia de imprensa feminina no final do século XIX e início de século XX, no Brasil.* Rio de Janeiro: Numen, 1991.

______. "Narcisa Amália". In: MUZART, Zahidé Lupinacci (org.). *Escritoras brasileiras de século XIX.* 2. ed. rev. Floranópolis: Editora Mulheres; Santa Cruz do Sul: EDUNISC, 2000. p. 534-552.

PÓVOA, Pessanha. Prefácio, In: AMÁLIA, Narcisa *Nebulosas.* Rio de Janeiro: Garnier, 1872. p. V-XXVI.

RAMALHO, Christina. *Um espelho para Narcisa: reflexos de uma voz romântica.* Rio de Janeiro: Elo, 1999.

RAMOS, Péricles Eugênio da Silva. *Poesia romântica, Antologia.* São Paulo: Melhoramentos, 1965.

REIS, António Simões dos. *Narcisa Amália.* Rio de Janeiro: Organizações Simões, 1949.

RIO, João do. *O momento literário.* Rio de Janeiro: Fundação Biblioteca Nacional, Dep. Nacional do Livro, 1994. (Coleção Raul Pompeia, v. 1).

SECCHIN, Antonio Carlos. *Romantismo. Roteiro da poesia brasileira.* São Paulo: Global, 2007.

STEGAGNO PICCHIO, Luciana. *História da literatura brasileira*. Rio de Janeiro: Nova Aguilar, 2004.

TELLES, Norma. "Escritoras, escritas, escrituras". In: DEL PRIORE, Mary (org.). *História das mulheres no Brasil.* 10. ed., 2. reimpr. São Paulo: Contexto, 2013. p. 401-442.

VERÍSSIMO, José. *História da literatura brasileira.* Brasília: Ed. UnB, 1916.

WOOLF, Virgínia. Um telo todo seu. Trad. Bia Nunes de Sousa e Glauco Mattoso. São Paulo: Tordesilhas, 2014.